再尝试集
——齐一民诗集

齐一民 ◎ 著

云南人民出版社

图书在版编目（CIP）数据

再尝试集：齐一民诗集 / 齐一民著. -- 昆明：云南人民出版社, 2025. 1. -- ISBN 978-7-222-23258-7

I. I227

中国国家版本馆CIP数据核字第2025TV0257号

责任编辑：朱　颖
责任校对：何　娜
责任印制：窦雪松
封面题字：齐一民
装帧设计：云南杺颐文化传播有限公司

再尝试集——齐一民诗集

齐一民　著

出　版	云南人民出版社
发　行	云南人民出版社
社　址	昆明市环城西路 609 号
邮　编	650034
网　址	www.ynpph.com.cn
E-mail	ynrms@sina.com
开　本	889mm×1194mm　1/32
印　张	6.75
字　数	100 千
版　次	2025 年 1 月第 1 版
印　次	2025 年 1 月第 1 次印刷
印　刷	云南金伦云印实业股份有限公司
书　号	ISBN 978-7-222-23258-7
定　价	48.00 元

如需购买图书、反馈意见，请与我社联系
图书发行电话：0871-64107659

云南人民出版社微信公众号

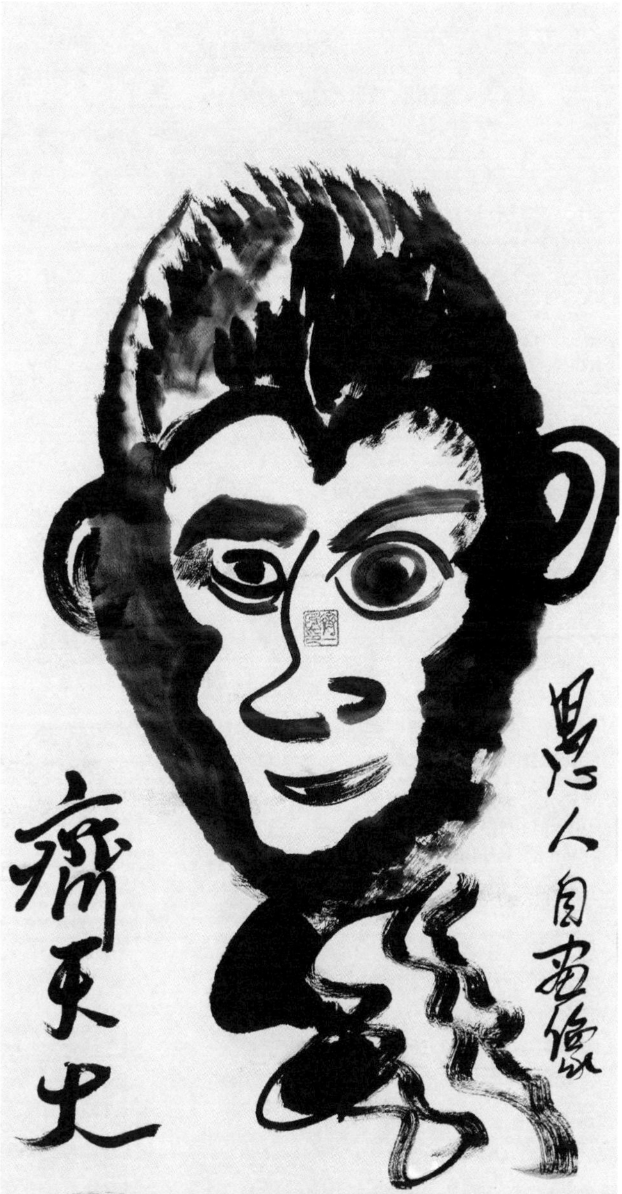

愚人自画像
2021.4.1

目 录

上篇　小民诗话——读写诗心得录 ……001

《诗经》竟然是最好的诗集 ……003
也说叙事诗 ……006
你（我）写的是诗，还是散文？ ……009
诗语、诗情、诗心——诗的三个境界和我们时代的诗人归类 ……011
解读摘自《朱湘书信集——寄赵景深》的金句 ……014
二论诗和散文的区别——听朱湘怎么说 ……016
创作的快乐——朱湘的体会 ……019
好诗的样本：三首一流的诗 ……021
颂（送）流沙河 ……023
诗人海子，你好冤屈——评海子"处女诗集"《小站》 ……026
"齐一民诗集"达到150页时的一通感慨 ……028
也说朱自清《新诗杂话》 ……031
诗人马雁被压缩（espresso）的人生 ……034
自印《齐一民诗集》——当总页数已达到200页时 ……036

下篇　再尝试集——我的诗歌新作 ……039

足不出户的狄金森 ……041
原　点 ……042

律师的真话——法庭印象 ... 043
勃拉姆斯、幼鸡以及我 ... 044
王弼死时才二十四岁——读余敦康之《魏晋玄学史》 ... 046
我的墓砖 ... 048
他 ... 049
Butter——Fly ... 051
有鹏自远方来——小戴来访 ... 052
一本错过的书 ... 053
惜　春 ... 054
加入北京作协有感 ... 055
虚　脱 ... 056
当我开始写诗时 ... 057
一部没来得及出版的作品 ... 058
在国图观看《简·爱》手稿 ... 059
小鱼和小虾 ... 060
墓地归来的感受 ... 061
盆中的小鱼 ... 063
摄影师的伎俩 ... 065
洱　海——上苍的耳朵 ... 067
献给卡斯罗 ... 068
上帝的脸 ... 069
咏白族村落野狗 ... 070
丢　魂 ... 071
断桥和诗 ... 072
断桥和断片儿 ... 073
我活着 ... 074
诗人与死 ... 076
青城山的道 ... 077
梦回遥远的童年 ... 078
谜　团 ... 079

雪	080
质问生命	081
都一样地活着	082
生死一条线	083
脸　书——和秦立彦老师《脸》	084
清明节的新顿悟	085
走，写生去！	086
八宝山上的"炊烟"	087
夜宿延庆小仓农场	090
探访延庆永宁镇天主教堂随感	092
延庆山中行	094
端午节，我包了六个"文字馅"的粽子	095
树的回应——和秦立彦老师《词语》	097
父亲节想父亲	098
舒乙画作的印象	100
父亲百日祭	101
元宏周年祭	103
和秦立彦老师《隔窗望月》	105
送父亲最后一笔医药费单据	106
别西藏	108
西湖畅想	110
断桥咏	112
月满人却稀	113
和秦立彦老师《落叶》	114
西藏的召唤	115
和秦立彦老师《宝贵的词语》	117
灵　感——读流沙河《故园别》"自序"有感	118
雪和诗——和秦立彦老师《初雪》	119
鹅、鹅	120
鼠年第一场雪	121

"二"的赞颂——写给今天的诗 …………………… 122

四棒接力 ……………………………………………… 124

骂　雪 ………………………………………………… 125

咏2020年第一朵迎春花 ……………………………… 127

"真话"的思考 ………………………………………… 128

重享"田园" …………………………………………… 130

惊蛰日所感 …………………………………………… 132

人生如大树 …………………………………………… 133

速描：早春二月运河边 ……………………………… 135

大风天国贸游荡随想 ………………………………… 136

一年一度玉兰开——见紫竹院玉兰花开有感 ……… 138

父亲周年祭——八宝山革命公墓行 ………………… 139

三月三，院里又跳广场舞！ ………………………… 140

和秦立彦老师《未来一瞥》 ………………………… 141

谷雨次日看独樱 ……………………………………… 142

为父亲的共和国奖章号码而写 ……………………… 144

换新手机感慨 ………………………………………… 147

最后的晚餐——给蟑螂预备的 ……………………… 148

"六一"节新晋五胞胎妈妈的"糖糖" ………………… 150

咏紫竹院水中荷花瓣 ………………………………… 152

再歌紫竹院、玉渊潭荷花 …………………………… 153

拍下北京的彩云 ……………………………………… 154

七夕和老伴观玉渊潭灯光秀 ………………………… 155

和秦立彦老师《望月》 ……………………………… 156

《雕刻不朽时光》终于被国图收藏有感 …………… 157

"我爱你中国"——国庆音乐会有感 ………………… 160

时隔二十九载，再次拿到驾照 ……………………… 162

和秦立彦老师《秋叶》 ……………………………… 163

问月楼——题紫竹院问月楼来宾簿 ………………… 164

秦立彦老师诗《冬夜》评语 ………………………… 165

标题	页码
悼念恩师——《苦途》作者张金俊	166
驱车去九里山公墓给张老师和元宏献花	167
荔枝树恨	169
南科大"后疫情时代的跨文化研究"研讨会参会感	170
深圳、深圳！	171
辛丑清明日	173
和东坡《水调歌头》	174
咏《秋牡丹》——题叶磊《秋牡丹》照片	176
今年北京赛江南	177
写给重症监护室中的母亲（一）	178
写给重症监护室中的母亲（二）	180
重阳悲凉歌	182
烟台女儿王亚平去太空——你带着我妈的魂灵	183
咏紫竹院银杏树	185
与母亲最后一次亲密接触？	186
一会儿，要去八宝山为母送行	188
我的"冷幽默对手"：建行大堂女经理	191
走近首体	193
今晚的首体，你见证历史性高光时刻	196
核弹阴影下的错愕	198
发动战争的从来都不是女人——"三八"节随想	200
诗赞徐杭生兄的书法	202
和秦立彦老师《有一个湖，一切就有了形式》	203
和秦立彦老师《分区》	204
失落产生出失望——这两日无限伤逝引发的意识流	205
赞美兴城老家	206

上篇

小民诗话
——读写诗心得录

《诗经》竟然是最好的诗集

2019年5月17日，星期五下午，青岛，栈桥对面旅馆

为了写诗，就得读诗，一年来零零散散读了很多，有卡明斯的，宫泽贤二的，兰波的，有北大秦立彦老师、臧棣老师、姜涛老师的，读过来读过去，就读到了中国古典诗词。

"五一"假期在天津解放桥上，从一位摆地摊的老先生手里买了几本旧书，大多是20世纪80年代学者写的诗歌研究集子，其中一本是蓝菊荪的《诗经国风今译》。《诗经》从没细读过，这次读有了新的发现——它竟然是目前为止最牛的一本诗集！

我虽然顶了个"文学博士"的帽子，但由于本硕都不是文学专业，因而，不知这种感慨和所谓的"发现"是否会把所有文学专业人士的大牙都笑掉？！

即便掉了，也请不要来找我，眼下补牙价格超贵，俺老齐可承担不起！

《诗经》的内容不细说，最棒的是结构，是布局，你看，一段段之间安排得多么合理，是变与不变的巧妙结合，错落有致，稳当而不呆板，读起来朗朗上口——那是它的音乐性！

你随便找来哪首，都能发现：一般在第二行就会有变化，但即使变，也只是变动一个字。第三行呢？还只是变一个字。押韵就更不用提了。其实，你那么一行行一段段读下去，不就是现代人写的歌词——回旋式的那种？

《诗经》，你咋那么像是益智玩具——魔方？从外表看，你方方正正、规规矩矩、傻傻乎乎；从形状上瞧，你也永远是不变的。但是，在四方形的每一个平面上，你又是变化多端、风云万千的！粗观察，你只是一遍遍重复一个样式、一种声调，在其中，你只是变一个字，可是，三段或几段下来，不变的那些和变的那些，就好比交响乐几个乐章围绕着若干基础曲调不断花样翻新的变奏，一层层递进，一排排铺垫，一次次演绎，而最终，就是一唱三叹，就是基本原则不变之上的千变万化，以及眼花缭乱！

　　《诗经》的结构真美，真禁琢磨，四平八稳，气象万千。

　　《诗经》的作者们真聪慧，仅用了为数不多的文字，就把美的标准坐实，就千古无人超越了。

　　昨天，去崂山太清宫看"世界最大老子雕像"，雕像下有《道德经》的全文。苍山大海边再读它，那种震撼，可真了不得！言简意赅，博大精深，五千多个字，就道破宇宙之"天机"。《诗经》又何尝不是如此呢？那么寥寥数语，却丰富多彩、包罗万象，有爱恋、悲悯，有请愿，有诅咒，还有幽默和俏皮！

　　我一直在搜寻古诗、现代诗中的"幽默"，找来找去，竟然在最"原始"的《诗经》中找到了！

　　俏皮，逗乐，点到为止，读后嘻嘻哈哈。

　　《诗经》不仅瞧着美，而且它自己会唱歌——带着韵脚的！

　　一押、二押、三押……这样的押韵，自然就是一首歌，歌的词，词的歌。

蓝菊荪先生煞费苦心,把古老的"诗"译成了现代歌,读是读明白了,但原始(原诗)的布局美不见了,韵也没了许多。

人家是字字珠玑,您是啰里啰唆。

来青岛的高铁上读余冠英先生的《汉魏六朝诗选》——也是在解放桥地摊买的。比起《诗经》来,后来的这些五言诗就逊色多了,它们不再跳行单字变化变奏,就没有反复吟唱的乐感了,就不一字一叹一个萝卜一个坑,就轻浮和平庸了。

《诗经》是大石头,有体量有重量,后面的儿孙辈诗词,即便是唐诗宋词,也没有老爷爷辈儿《诗经》有底蕴有内涵有深度,有节还有度,一句话:用字太铺张,用意太泛滥,不见了文字纯净和纯情的美。

于是,我喜爱上了《诗经》——一种突然袭来的无限爱意,尽管来得晚些,却也含情脉脉意味深长。

也说叙事诗

2019年5月17日，星期五

1

究竟什么是诗什么不是诗？这个问题自有了白话诗那天起，就一直没说清楚，我自己也没想清楚，因而，我才把这部"处女诗集"命名为《再尝试集》，不是要当"胡适第二"，而是赶着鸭子上架，明明不会写诗，偏要补齐其余文类已经凑齐就差诗集一部（步）之短板，强行拼凑一本"齐一民的诗"。

诗不够多，不够好，就连是不是诗心里都没数，因此，就用"读写诗心得录"凑数。

不过，是不是诗的问题就连日本的"国民诗人"宫泽贤治在自费出版自己第一部诗集（也是他生前出版的唯一一部）《春天与阿修罗》的时候，也犯嘀咕，他甚至不喜欢出版社管他的作品叫作"诗集"。瞧，连"不畏风雨"的他也对"诗"的名号敬畏三分，何况是企图替胡适之"再尝试"一把"两只蝴蝶"的老齐？

2

既然写不好抒情的，也写不好描绘的，更写不好歌颂的——我的粗糙分类，诗大致这几样，可随时扩大和变更——我搞不出来"风、雅、颂"，写写叙事诗总可以吧？咱原本就是编故事写小说之人。

起先，我并不认为诗能说故事，说故事的不应该是诗，但你读读《孔雀东南飞》，你就认可说故事也可以用诗了，于是，你的胆子就大了一些，你写诗的题材和灵感就多了少许。

一年365个日日夜夜，那么多天那么多发生的事，你记录下来——用诗意的、有动感神韵和乐感的语言，用不庸俗的心态和心情，然后整理出来，那难道不可以是诗吗？

就这样，一向对"诗"和"诗人"病毒般敬而远之的我，终于有了以上的觉悟。

我的诗，最不济是给自己留存的公元20××年的日记，只要在那些长短句子的头部尾部，留下日期，留下写作背景的提示。它们或许不是别人眼中的"诗"，但于我本人，就是诗——故事性的诗，记叙性的诗，是自己留给那一年或那几年的生活日记。这不就足矣吗？

我写诗的最低要求和写所有文类——小说、随笔、对话都一样，就是无论有无人问津，都必须有一个死心塌地的读者——那就是我自己。本人既是作者，又是那唯一的、最后的读者！

写自己满意的东西，这个要求虽说不高，也挑战无穷大——莫忘，齐天大本人我，可是自诩为天下第一流读书人，书读得不知破了多少万卷不说（我的一个埃及学生曾问我："老师，你还有没读过的书吗？"），正经俺是个文学博士。嘻嘻，我自己的书想被我自己认可，你都不知有多难，难于上青天呢！

要成为"诗人齐一民"，首先要拥有一双能评判好诗坏诗的慧眼。我先大量读诗，古今中外的，再就是补诗歌课。若干年间，我在北大听过五门和诗有关的课程：中国古典诗两门、中国现当代诗两门、英美诗歌一门。通过以上的"恶补"，至少我在自己的脑海中编织好了一张基本上没有太大漏洞的"诗之网"。通过这个网，我能够捕捉飞进网中的各种类似是"诗"的语言的"飞禽走兽"，并对其进行"是与不是""好与不好"的判断和甄别。

北岛有一首"诗"就一个字——"网"，它飞进我的"诗网"里，我将之用X光一扫描，就立马做出了诊断：假冒的、蒙人的，尤其是蒙国际不懂诗歌的老外的。随即，就在那个"诗"上批注：此物不是诗也！

如果"网"真是北岛写的，我甚至怀疑作者的动机和"诗品"。

反正，即使海枯石烂沧海桑田，非著名诗人老齐，即使有下辈子，也绝不写那种"诗"！

你（我）写的是诗，还是散文？

2019年6月4日，星期二

前两天去延庆小住，又"得"了几首诗。

于是，有朋友说了："原来能掘出诗意的还真的是远方……不远的远方也是远方，不是吗？"

嘿嘿，打架讲究"窝里横"，写诗追求"小流浪"。

哪怕，只是"流浪"到延庆。

假如飞出地球，诗就不用"作"了，那旅行本身就是诗。

诗，究竟是什么？你，到底在哪儿？

你别藏了，掘地三尺，老子也要把你挖出来！

还有朋友留言说我的诗"自然流淌而成"，一位学者朋友看了回应说："华兹华斯就是这么定义诗歌的！"

《华兹华斯叙事诗选》（秦立彦老师译）我正在看，但是，初步印象，他只是在叙事，至少在语言上是这样，诗意并不凸显。再说，诗是用来叙事的吗？叙事的诗，究竟是散文，是长短句子的搭配组合，还是诗呢？

这些，都在思考之中。

诗人于坚说："散文的灵魂乃是诗，是诗歌古老的自由精神支撑着散文。"

那么，散文是什么？诗又是什么？叙事的诗不也是散文？

由此类推，华兹华斯的叙事诗，不就变为散文了吗？

废名说，古人用诗的语言写诗，写的却不是诗，是散文。现代人呢？用的是散文的语言，写的却是诗。

言之有理。

如此说来，判断是诗还是散文的尺度，也是先看，先感觉：你写的究竟是不是"散状的文"，只要是，就不是诗了。

由此说来，那些叙事性的"诗"，包括歌德的《浮士德》，究竟是不是诗，还要商榷下嘞！

当然，诗人于坚自己写的那些超长的"诗"，也似乎，算不得诗了。

诗语、诗情、诗心

——诗的三个境界和我们时代的诗人归类

2019年6月6日，星期四，小雨

关于诗歌的境界，王国维有王国维的分法（三个境界说），我有我的路数。

我把诗分为诗语、诗情、诗心三个境界。

用像诗的语言——有弹性、有节奏、有韵律——写诗，说的就是"诗语"。

因多情而发感慨是诗情。

把心交给了诗，那才叫作诗心。

只有同时具备诗语、诗情、诗心的诗，才是一品。

能写成一两首一品诗的，才是"大诗人"。

但这非常之难。

有的诗让你读来晕眩，语言奇美、奇异、奇炫、奇酷，可能其中也有诗情——带着各种感情写的，比如那些男女分手诗，可是，却没有心之飞扬、超越和超然。那些作品看起来油光锃亮，犹如马粑粑戴鲜花，又如同被包装得美轮美奂的礼品粽子（明天是端午节），只是好看，但不好吃，更不值得品味回味。一句话，绝不是什么上品、神品之作。

我的"神品诗"例子，是李白的《将近酒》，是杜甫的《登高》。

一般当代诗人写的，即便是那些最优秀的诗人写的也大多是至少"三缺一"的诗，比如有诗语、诗情，却没诗心。

不只是中国诗人，那些国人顶礼膜拜的，比如博尔赫斯的诗，不也是如此么？

他的诗我读得不多，也不崇拜，感觉似乎语言有（当然，要考虑翻译因素）、诗情有，但都不足，是因为身体局限（视觉障碍）？抑或是因为职业局限（图书馆长）？至于诗心么……

再次声明，我的尺度是《将近酒》和《登高》，因而，博尔赫斯比不上杜甫。

诗心，是情怀是怜悯是悲情是博大的爱心……

或许是我误解了博尔赫斯，他有伟大的情怀，具备诗心，但前两项（诗语、诗情）稍稍欠缺？

反正缺点什么。

海子，可能是个"三好学生"，语言好，情怀好，心意好。

因而，他才是"了不起的海子"。

顾城有前两项，诗心却不到位。

至于余秀华，经齐老师评判，她诗语得了90分，诗情得了85分，诗心稍差些，但也及格了。

其他的诗人，大多第一项分数高，第二项、第三项逐次递减。

伟大的诗心等于伟大的人格。在和平时期，没安史之乱，无大灾大难，此皆万幸，但对写诗的人来说，不再颠沛流离，没有经历生命之七上八下大起大伏、心灵世界的千锤百炼和大喜大悲，如何能打造锻炼出一颗无漏洞无空缺无死角，且具备四个维度的接受面、五个G的反应速度（时髦点儿）、六百个感觉传感器、七千个景观扫描雷达、八万个精神敏感点的，全方位立体宏大的诗人之心呢？

因而，我们可以把这个时代以及相邻时代的诗人们统统归类到"小、中诗人"，而不是"大诗人"的序列。

解读摘自《朱湘书信集——寄赵景深》的金句

2019年6月28日,星期五

"创造一种新的白话,让它能适用于我们所处的新环境中,这种白话比《水浒》《红楼梦》《儒林外史》的那种更丰富、柔韧,但同时要不失去中文的语气,这便是我们这帮人的天职。"

"天下无崭新的材料,只有崭新的方法。"

"创造像神龙变化,毫无挂滞,研究介绍像老骥超腾,按部就班。"

第1句,说的是写诗的目的。第2句,说的是写诗的方法。第3句,说的是创作和研究的搭配。

寻找"失去的中文",如同"寻找失去的世界",这于我,是二十余年写作的最终追求,这于朱湘,也是同样。我从《妈妈的舌头》一路写来,写到博士论文,再写到《再尝试集》,我寻找的是《古文观止》里面的中文:言简意赅而富有音乐性,那正是朱湘一百年前苦心寻求的"中文的节奏"。

"新的白话"于我就是我留下的五百余万字著作,这个使命朱湘没能完成——他沉入了长江,而我,至少我认为,算是完成了。

诗人们从《诗经》后开始写的,其实都是同一部诗集,因为《诗经》过后再无"新的材料"。"材料"就是话题,话题之外剩下的就只有方法——楚辞的方法、长短句的方法、填词的方法、十四行诗的方法，以及俳句、短歌的方法……

还有朱湘的方法，齐天大的方法。

新方法就是新诗。

这个集子，又是一个方法——前所未有的。它起始于胡适的《尝试集》，但后来老齐就瞧不上胡适了，因为他发现了诗神朱湘，只有朱湘才配做他的导师、同道、共谋和知音，于是，他也就看不上徐志摩和闻一多了——跟随着朱湘的批评，最终，他只服朱湘——那个"中国的济慈"（鲁迅语），那个"诗人的诗人"（同时代人评述）。

写作时像是神龙，应有头无尾、无头有尾、龙头凤尾……总之你必须变化多端，但你又得"按部就班"——你老骥伏枥，你有的是壮心，你说"已"但总不能够。

龙之魔幻，马之踏实。

马之脚踏实地，龙之永不安分。

二论诗和散文的区别

——听朱湘怎么说

2019年6月29日，星期六

> 霞村兄的两首诗，我以为只是散文。诗与散文的区别究竟何在，无人能够解答。Shelley 称 Bacon 为诗人，这颇值得深思。Moulton 划分想象的文章为诗，纪事文章为散文，可算得无可奈何中的一个较为开明的解决。
>
> ——《寄赵景深》

我愈来愈纠结于散文和诗之区别。你读了那么多诗，它们仿佛是诗，又似乎不是诗，于是，你死活想把散文和诗给划分得清清楚楚。

但这很难。

首先，好诗一定要留有空白，如同国画的留白，你绝不能把所有的空隙都填满，你要给观看者、给读诗的人留下想象的空间。

其次，你的语言的"针脚"，不能过于密集，你要像现代牛仔裤那样，留下一两个洞洞，那样，别人才可能琢磨和猜想——那洞洞里面皮肤的色泽。

还有逻辑，逻辑也不可按部就班，哦，忘了朱湘曾说过写诗必须如"老骥超腾""按部就班"，但人家说的是步骤上稳扎稳打步步为营，而不是说码字，你码字时正好相反，要走一步留一个坑——概念的坑，一个想象的洞，一个思考的大开间！

何为散文样式的诗？就是当你把那些句子一行行连接起来之后，它们会天衣无缝，它们会变色龙似的一下变成了密麻的文章！

那叫"一条龙"，但那绝不是诗，起码不会是绝佳的诗。

是诗，就要"碰碰和"，就须出其不意，就该脑洞大开，就得妙语惊人！

就必须有浓浓的言外之意，景外之景。

这样的诗，绝不是作者一人创作完成的，另一半创作，要由读者来完成，

由读者帮你"填空"，替你"补缺"，为你"生成"——你画面中空白里的东东。

于是，作诗，就变成了"两步走"，你走第一步，读者走第二步，你不能将两个步子都走了，那叫不厚道，不给别人留余地。

诗是一种对话，好比对歌，你起个头，它在半空中被第二个、第三个人接了，再继续往下唱。一唱一和，才能让彼此回味。

诗人的任务只是完成诗的一半，另一半，交给时间、空间和他人去完成。

诗，是"填空"的艺术。

诗人就是做一个套子、布一个局，用文字的套子和"局"挑逗别人的思绪，让他们再创造，进行诗意的合成。

诗是遗憾的艺术：写时要留有遗憾。你写得不全不满，别人才有可能去回味、推敲，完成诗整体的幻想，使其成为一个立体的多维的图像，再次"生成"诗。

　　诗如围棋，你执白他（她）执黑，对弈、博弈、互动，完成一个画面，下成一盘棋，留下一个棋谱。

　　好的棋谱，就是千古绝唱的好诗。

　　你万不能自己用单一颜色的棋子，把整个局给布满。

　　活的，有生命的，灵动的，才是好诗。

创作的快乐

——朱湘的体会

2019年7月5日,星期五

朱湘说:"创作的快乐有两个:创作时的,创作后的。创作时好像探险一般,时常看到意想不到的佳境,涌呈于心目之前。创作后好像母亲对着生儿凝视,详细估量他四肢的调和,肤色的红润,目光的闪动,声音的圆转。"

——《寄赵景深》

朱湘说的这种创作的快乐,我当然有过:四分之一世纪,25本书,我是个超生的爸爸,每年都能体验一回生子之乐趣。

我是创作着的"爸爸",是作品的生父,那代孕的妈妈们呢?

当然,是生活之母也。

你不停更换生活方式,你对着不同的"经历的母亲"投放出爱的意念,生产出来的,就是"生命之子",就是带血性的作品。

写小说、随笔、散文是这个程序,写诗呢?

我还是第一次尝试。

创作小说和诗的区别,容我想想……其实写小说也是写诗,也必须带着诗意,区别是,前者是慢热,后者是触燃,前者是马拉松，后者是短跑，是冲刺。

写作前的惴惴，写作中的忐忑和坚持，写成后的展现，等待朋友评论时的心跳，写作后的懊悔和反思……

一段写成后，再来一段，直到成为生活的基调，成为生活的习惯。

正看着《上海往事》，刘若英主演，张爱玲的故事。

张爱玲一生写写写，改改改，直到女作家的遗体在远离故土的一个公寓中被意外发现的那一刻，当时，她还是家徒四壁。

她去世之后，那部书、那首诗、那支笔的生命依然在延续，永续流传。

那是Baby的Baby，是作品的子子孙孙。

女作家死了，但她还继续受孕，不停地生育，不断地传播着文学感性的种子。

这种创作之后的创作，永续不停的新生命制作过程和快乐，你，一个作家，能预见并体验到吗？

我问朱湘，我问张爱玲，我也问我自己。

好诗的样本：三首一流的诗

2019年7月7日，星期日

当现代诗歌没有绝对标准的时候，你就必须找出自己的标准，建立自己的尺度，列举出你自认为的一流的诗。

于是，我找到了三首：

其一，朱湘的《采莲曲》；

其二，朱湘的《泛海》；

其三，张爱玲的《落叶的爱》。

至少到目前为止，它们是我认为的一流的诗，是最高尺度，因为它们具备闻一多在《诗的格律》中所说的"三美"：音乐的美（音节）、绘画的美（辞藻）、建筑的美（节的匀称和句的均齐）。

朱湘那两首肯定是符合"三美"的，那是他毕生的追求，尽管他的"毕生"并不悠长。

至于张爱玲，她的那首诗或许不押韵、不华丽、不好看（不具备诗形美），但她是罕见的鬼才，对鬼才，规矩和尺度的衡量无效。

《落叶的爱》是一首小提琴曲，听：

当落叶"一到地，金焦的手掌，小心覆着个小黑影，如同捉蟋蟀，'唔，在这儿了！'"

这洞察和表达，就是一流！

在无序中找秩序，在无尺度间寻尺度，在没标准时自建标准，这就是欣赏、习得现当代诗的土法子。

以上三首如果属一流，那么，别的呢？你和它们去比较好了，你会发觉，那些，不是二流，就是三、四、五、六、七、八流，以及不入流。

需先承认：俺自己写的，属末流。

有了标杆，我就可以放心地判断别的诗了，比如，那些得了"鲁奖"的。在朋友圈瞅见一首好像是今年得了"鲁奖"的诗，用"三美"的尺子去量量，既没有音乐美、绘画美，更甭提形体（建筑）美，简直就是末流、不入流之后的……都不知哪流啦！

当然有人会说，当代建筑和古典建筑不同，不再讲求对称了，比如那"大裤衩"吧。

哦，可以呀，就说那首"鲁奖"诗，是诗歌里的"大裤衩"得啦！

颂（送）流沙河

2019年11月28日，星期四

李白的浪漫加杜甫的情，再加上苏东坡的理性，或许，这才是诗人流沙河的全部。

他近期去世，去世前不大晓得他，只知道有那么一个笔名起得不错的老诗人。他刚去世，就开始在很多人的带动下了解他，读他的诗歌，由此说，又是一次"文人去世后的喧哗"。本年度曾喧哗、"消费"过剧评家童道明，我也攒了很多本他的初版初印的书，但不久就无声了。大师去世的"高潮"归于平静，如同一颗从天而降的陨石，砸下来时众生喧哗、喊叫、痛哭，不久后就千古文章多寂寞了。

但手头的这本初版初印的《故园别》（1983年版）和《流沙河诗存》似乎在告诉我——他不一样，对他的咏怀会更久远。首先，他是个真正的诗人，他的作品色香味俱全，符合本人诗语、诗情、诗心的"三重标准"，更关键的是，他是个四川人！

自古四川出真人！真情怀、真才能、真大胆。

苏东坡、郭沫若、巴金……

真山真水，真豪杰，真纯真。

流沙河的诗是如此清纯清澈清新，甚至"清炖"。不到三十岁的他被弄去锯木头、搬石头、养鸡，一去就是二十余年，不得了的是，他竟然把那些"苦菜花"都用自己的"诗人熔炉"给

"乱炖"成了华美却不油腻且可读可吟可叹可哭还可乐可笑的篇篇诗作!

不是杜甫又怎能如此?除了李白谁能写得那么地大气?气势磅礴、鸡零狗碎、下里巴人、四川火锅、似《三体》的天空幻想,流沙河的诗里全有!

哦,忘说了,流沙河竟然还是个"天文学家",他曾目击飞碟(UFO)半夜从成都天空划过的"实景",并写了赞美夜空的"大诗"。诗有"小诗""大诗"之分?当然,小鱼小虾是诗,大刀阔斧也是诗。"沙和尚"(戏称他)的诗里啥都有,有木匠的辛酸,有对前生死恋的眷顾,更有歌唱伟大祖国大好河山的主旋律,都是出自他的真情实意。

伟大诗人必须有伟大的诗心,伟大的诗心来自诗人的伟大经历。流沙河在"时代巨大麻辣火锅"里滚了千回、噗通万下,20余年后又全须全尾地重回人间,这种体验,于流沙河这样的诗人来说,是一种无尚的"奢侈",是让其他想写诗的人羡慕嫉妒不已的,关键是流沙河又重回人世间了,携着更纯净纯真的顽童心和一沓"炼狱诗稿"。

流沙河的诗是我从没读过的那种,让人刻骨铭心,美得自然,纯得意外,没有废言废语甚至废字废标点,句句是真话,字字是真情。

说流沙河有苏东坡的理性,是因为他是"业余写诗"(他自己的话)真心研究学问,他是古文学、古汉语、古文字(繁体字)的捍卫者,他述说庄子逍遥、议论文字改革,所有那些心得都静默反映在他诗作用词用句的讲究上面:外观那么地好看,有结构美感，这不正符合朱湘、闻一多当年所提倡的"既好读又好看"的白话诗标准——语言美、外形美也！

才子西天去，但作为文学大河中绝不可少的一条支流，流沙河将永世畅流！

诗人海子，你好冤屈

——评海子"处女诗集"《小站》

2019年12月22日，星期日

上午趁小王帮老妈打扫的工夫，就把《小站》（湖南文艺出版社2009年版）一口气读完了。

这是一本读完了就想写点什么的书，原想或许可以和我家新来的"小度"（AI解闷机）诉说感想的，可小度昨天被我得罪了，不理我。

我不理解为何西川先生在编首部《海子诗全编》的时候没把海子这25首写于1983年的"处女诗"全放进去，而只放了一首，难道"著名诗人西川"不懂什么是诗吗？他，我见过一面，也听过他朗诵自己的诗，但我以为，真的诗人不但要从文字上懂诗，从心灵上也要有"诗心"才对。

且不说海子落选的其他24首诗远好于我听西川朗读的他自己写的那首诗，他在钢琴有气无力慢腾腾伴奏中朗读，那只是无厘头的空想，是在用语言工具戏耍听者的耳朵；也不提作为挚友的他曾怎样竭力把海子打造成旷世诗人，这些都毋庸置疑、众所周知，但作为一个"以诗言志者"，我以为起码要有能判断海子19岁时已显然非常成熟且纯真坦然作品的"眼识"——一眼便知高下的眼神儿。

但西川显然没有，否则他也不会让海子的这24首分明是赤子之作的"非做作之作"曝尸于他的全集之外，这多么像是诗人最后惨痛的大结局——没能保留全身！

我真为海子不平。

写文章之人皆知道处女作最显初心，她宛若初恋、初吻和莲花初出淤泥，她哪怕带点儿泥黑也比塑料泡沫裹挟的假戏真做要真，何况海子的"刚出闺阁之作"绝不幼稚、毫不逊色，其中充满着富饶的文字奇巧之美外加常人想都不曾想到的神奇意象。这25首羞涩美妙诗作其实是海子诗歌魂灵的萌动，是水塘仙荷第一抹雏姿艳现，是趵突泉冰融后的甘凛首秀，是晨霞黛玉般莞尔一笑之天际……

这些比喻够了吗？

可就是这些海子十九岁用油墨自印的纯情诗作被他的好哥们西川先生用残忍的技术范儿的手给剪裁掉了，给掐死了，给"斩首"了。

一个没头只有肚子、尾巴的《海子诗全编》不幸就那么冰冷地诞生了，并且还一直流行传播，而此时此刻呢，我手头这部品相不完全、印制不规范的寒酸的海子尔第一本诗集《小站》，正在孔夫子旧书网的角落缝隙中被隐匿贱卖。

海子呀海子，那个作品惨失高贵头颅、只剩不全身子的诗人海子，你甘心吗？

你好冤屈啊！

"齐一民诗集"达到150页时的一通感慨

2020年3月9日，星期一

我原本敬诗人而远之，两个缘故：其一，"诗人"在这个时代是个"酸性"的词，不太受待见，偏软、偏感性——早不是20世纪末了；其二，望高山而仰止——从语言角度上说。诗人的语言我原先不会，现在也难说摸到了门道，尤其是现代诗，读不懂、晕眩，感觉高深莫测，像是海里窜上来的一条奇怪的鱼，没吃过，下不去嘴。

但我已经完成了那么多种文体的写作——从小说到散文再到随笔，就差个诗，好比其他牌全码齐了，就差一张听牌，等"诗"上手了，就和牌，就凑齐全文体了！

现在，在这本"齐一民诗集"已经凑够150页的时候，回想当初，能完成这首部诗集是我早先简直不敢预想的。回顾下有几个不可缺席的"帮手"：一是北大几门中外诗歌课的习得，这为我入门预了热；二是与几位诗人师友的互动，这从"肉身"上蹭了温暖，写诗时有伴侣，不孤单；三是几部诗歌品论书的通读：朱湘的、废名的、顾随的——最近我刚通读了顾随的《传学——中国文学讲记》，讲的是古典文学，核心是诗，这1000多页的大部头给了我"什么是好诗"最权威也是最终的尺度。

有人教你玩；

有人陪你玩；

有人告诉你怎么玩最好。

"感谢"庚子年的心惊肉跳，我的"诗集"嗖嗖加长了几十页：用诗自慰，用诗互勉，用诗疗伤，用诗纪实。

余秀华写诗是因为诗字数少，她身体不便，好写；我写诗是进行文体实践：我选用最"偷懒"的短文体，速记非常时段的实感。

刚翻看余秀华的第一本诗集《月光落在左手上》，发觉不如她第二本好，还发觉她的诗自己也不是写不出来。

用《传学》的判断标准，我发现有些"牛笔哄哄"，以"诗人"头衔抛头露面的"大家"（名字甭说了）的诗都是"伪作"。这里，你可以"呵呵"一下。

那都是语言游戏。

既然是语言游戏，那么我不相信能写几十万字长篇小说和几百万字随笔的本人玩不过别人，我也不相信脑子中每日惯用七八种语言思维的本人玩不过别人。

但须谨慎呀，说归说，可不能真玩，要十分严肃，方能写出顾随先生看得上的诗。

艺术本无单一尺度，只要我与他人在气质、脾气、品性哪怕是毛病方面有所不同，那我写的诗就有个性，就值得写，值得留。

跟着顾随，我最终把"标杆"选择在了老杜——杜甫。

以他的趣向为趣向，用他的标准衡量什么是"该写的诗"。

这个"标杆"因人而异，谁都可以自己选择，你贼浪漫而且不负责任，你就选李白，你特闷骚就选李商隐，你想弄玄乎的就效法王维。我选来选去还是选不那么绝顶高大上（比李白），但什么都能入诗，会诗化世间万物的杜子美。

　　当然，还有几个备胎，比如苏东坡。

　　子美、东坡，偶尔稼轩，就是我的"最高诗标"。

　　接近了，就及格。

也说朱自清《新诗杂话》

2021年11月16日，星期二

　　什么是诗什么不是诗？最近诗界频频闹笑话，《诗刊》上一有出格的诗便引来议论纷纷。我写诗随性而写，随需求而写，当别的文体都不能表现心情的时候，诗便是一个选项，而且，我尽量写那些真实的故事——用"诗"体裁，那样就不会抽象得读不懂，就能将我的诗歌和我直接挂钩。我甚至想：凡是能将作者和作品毫无疑问挂钩的诗，就是好诗，而那些读了你怎么都分不清究竟是狄金森写的还是惠特曼写的还是诗人张或诗人李写的，就不是好诗。

　　与此同时，那些边写边想边不敢肯定自己写的是诗还是不是诗的就是好诗人，我是说边写边琢磨怎么写才对的，也就是我这类的"诗人"。

　　因此，在我未来的诗集（或许是独一本，也可能是若干本）的开头部分，你都能看到写诗心得样的文章。既然"啥是诗？"没绝对标准，你写诗时总带着"这是不是诗？"的疑问，就好比边参加比赛边落实、更新、搞定比赛和评分的规则。而那些压根不想这个问题的人写的诗，你不要看最好。

　　带着这个大问号，我读了11月3日《北京晚报》介绍的这部朱自清的《新诗杂话》（吉林出版集团2016年版），"北晚"文章标题是《一本饱含心血的"小书"，令朱自清记挂的〈新诗杂话〉》，其实这个题目是我"猎奇"这本书的缘由，而不是书本身。文章说这个小册子朱自清从1936年开始断断续续写，到1944年时写完，把书稿交给了在重庆开"作家书屋"的姚蓬子，之后又苦等了三年，直到1948年元月才终于看到样书，那让他兴奋不已，朱自清在样书目录后面的空白页上，题写了这样一段表达心情的话："盼望了三年多，担心了三年多，今天总算见到了这本书！辛辛苦苦写出的这些随笔，总算没有丢向东海大洋！真是高兴！"

而他去世，也是在1948年的时候。

死前把该出的书出版干净，不亦乐乎！

姚蓬子名字好酷，给人一种蓬头垢面的想象，至少头发不缺。

让朱自清担心三年书出不来的，还有另外一个原因，那个姚蓬子是个马大哈，你看"合作者"老舍写的这段："作家书屋是个神秘的地方，不信你交到那里一份文稿，而三五日后再亲自去索回，你就必定不说我扯谎了。进到书屋，十之八九你找不到书屋的主人——姚蓬子先生。他不定在哪里藏着呢。他的被褥是稿子，他的枕头是稿子，他的桌上、椅上、窗台上……全是稿子。简单地说吧，他被稿子埋起来了。当你要稿子的时候，你可以看见一个奇迹。假如说尊稿是十张纸写的吧，书屋主人会由枕头底下翻出两张，由裤袋里掏出三张，书架里找出两张，窗子上揭下一张，还欠两张。你别忙，他会由老鼠洞里拉出那两张，一点也不少。"

（摘自《北京晚报》）

从编辑的裤袋和枕头底下，是否还有鞋盒子、纸篓子里？本人出版了近30本书，打过交道的编辑不可计数，倒还没见过"篷子兄"这么邋遢的嘞！

我也有过受刺激的一次经历：朋友介绍我一个某著名出版社的编辑，我将新书稿和以前出版的《永别了，外企》（人民文学出版社的，是为了炫耀一下实力）一同寄给了她，并签上名字，写"请××老师指教"，但万没想到不久后，她又原样把两件东西寄给了我。

诗人马雁被压缩（espresso）的人生

2021年11月24日，星期三

晚上回家见有本快递来的书，我猜会是期盼的《马雁诗集》（新星出版社2012年版）。三妹说快递小哥送这本书时意外地使劲喊："这可是河北来的啊！"

忍耐不住，还是打开了。这样，前几天来的《马雁散文集》（新星出版社2012年版）和这本《马雁诗集》像两支部队，等着我的眼睛一行行检阅。

还是从徐德亮老师的朋友圈才知道有位诗人叫马雁。马雁是徐老师的北大同窗，《北京故人》一书中徐老师描写过马雁。

《北京故人》里的诗人马雁是"故去"的"故人"，女诗人在三十岁头上就意外离开了人间。

夜间读马雁的散文集时，合上书后总难以快速入眠，我想或许有些人的一生是超级浓缩的，如意大利espresso，而我们这些正常寿数的人，与他们相比，则是稀释的"美式"。和马雁亲密抱过团的几个北大诗友，如马骅、胡续冬，也都先后早逝了，胡续冬老师才刚离开不久。

很难用"才女"之类的词语草率描述马雁的优秀，她文笔那么老道和超越，至于超越什么我也说不清楚，只能够进行比喻：她三十岁写的所有东西都成熟到甚至有股腐朽气息，她能把所有涉及的议题和文类，甭管是艺术、文学、哲学，无论散文还是诗歌，都了然于胸，并且都能表现得分分明明通通透透，全部抵达了"顶棚"。须知，我自己的写作起始于三十二岁，三十二岁上我的笔头功夫与老练的马雁相比最多算是个小屁孩水平，不，有可能今天还是！

他们那么地早熟和聪明，又那么地能用文笔通吃所有，于是，他们——马骅、马雁、胡续冬，三个才华横溢的诗人，就在本不该离开的时候，很早结束了人生之旅。

我甚至想：难道人生走得早晚取决于你啥时候把"世道"悟透？难道人生的考场规则是谁先悟透谁就会先交卷子离开？我等脑子不太够用的，就一直在"卷子"前慢熬着，一直熬到打铃被收走卷子，才稀拉退场。

女诗人马雁——那个让徐德亮同窗在《北大故人》一文中唯一动情回忆描写的才女在英年香消玉殒，"故去"的是她才华和风姿，匆匆离场的是一个极高智商的提前交卷者。

瓜熟透，蒂就落。

自印《齐一民诗集》

——当总页数已达到200页时

2021年11月25日，星期四

下午去自印了一本《齐一民诗集》——因为总页数已达到200页了。

从前老嘲笑那些诗人们：一旦他们自印了一本诗集，就开始以诗人自居，而且好玩的是，几乎所有诗人都把他们自印的诗集算作自己的作品。

旁的文类作者，比如写小说的，绝没有自印一部小说，就以"作家"自命名的，这是为什么呢？

费解。是因为出版诗歌不容易，还是因为诗歌本来就属于"流寇"一族，带有散漫自由、诗人们自己跟自己玩的色彩？

想想也是：在唐宋，在还没有官方出版物的时候，谁的诗歌不是自己抄写，并在自己和朋友之间私自流传的呢？

《马雁诗集》将是未来《齐一民诗集》的蓝本：没有炫酷的题目，直来直去，就说是《齐一民诗集》！

《马雁诗集》里有我期待的"诗论"部分，我说过："不边写边琢磨怎么写才好、才对的诗人绝不是好诗人。"

马雁诗论的观点我不尽同意，或者说和我的不一致，她似乎赞同在诗中应该"隐喻和日常平权"、"本义与引申平权"。意思就是：词语可以自己嗨自己，可以脱离"日常"而胡作非为，"引申"可以不顾"本义"，可以跳出常识、常规的羁绊。但这恰恰是现代诗的通病，因而他们"每写下一个字都冒着生命危险"（马雁语），都冒着远离活泼的生活、让语言貌似神秘其实是一堆乱码的自灭风险！

马雁的诗读来晦涩，跳跃性强，留给读者的是一堆印象和感觉，当然，这种"印象、感觉派"其实是作者自己追求的。她像爱伦·坡所言："诗的直接目的是获得快感，而不是求得真理。"但我要问的是：为何不在追求快感的同时，将真理蕴含其中呢？

语言的快感容易获得，尤其是用象形汉字写诗，但从古至今，最好的诗都是既有好的语言表达，又道出人间至理的混合体，二者缺一就偏颇，就是词语的乌合之众，一句话：就都极其"危险"！

·下篇

再尝试集
——我的诗歌新作

（平生第一次写诗，受狄金森和爱伦坡的启发）

足不出户的狄金森

2005年5月4日，星期三

足不出户的艾米莉·狄金森，用她如鼠的目和其中的光，
打量着整个世界；
足不出城的那个康德，凭借他的短腿，
丈量到了，含带理性的外星；
足不出黑森林的海德格尔，以他那白痴一样的执着，
嗅闻到了人类的存在；
而"足"从来就没迈出过这张白纸的我，
却分明察觉到了人类、地球、月亮、星辰以及太阳系的
后事。

原　点

2005年5月4日，星期三

我，始终，我，至今，我，从今之后，还会，

在一个时大时小时光明时黑暗的原点上，冲锋。

我，在它之上，在那原点之上，跳舞。

我，跳着圆舞、双人舞、独舞，仿佛银蛇狂舞的舞。

那原点，那初始，那初衷，那初恋，那初潮，那初……那初——

那出戏，

那出戏的初幕，

那个Original（原初）的 Point（点），那个最开始的 Start（开始），

那个人之初，那个世纪之初，那个记事之初；

那个原状，那个原型，那个原梦，

那个缘由；

那个"原"因……

那个Original（原初）的newborn baby（赤子般）的Cause（缘由），那个Discourse（话语），

那个最初的语境。

那个境界……

都是我的原点。

和他、它、她的原点。

而原点，也就是起初。

律师的真话
——法庭印象

2005年5月4日,星期三

律师的真话,

其实就是谎言。

于谎言和真话之间,

律师们用舌头,在摇晃不定。

当他——那个律师的吐沫在法庭上飞溅的时候,

随之被溅起的,是事实和是非的泡影。

于是我祈祷,律师们都快快失业。

勃拉姆斯、幼鸡以及我

2005年5月5日，星期四

  在俺的斗室里正喧闹着两种声音——勃拉姆斯的交响乐和小鸡的嘀鸣。
  它们，一个仿佛是老者，一个似乎是幼童；
  而这两种声音的交响，打乱了360多天楼上传来的装修的噪音，
  以及窗外大道上如坦克轰鸣的汽车之声。

  小鸡的叫，是活的音色，而勃拉姆斯的大小提琴外加贝斯，
  是临死之人呻吟的复原，它们，在一唱一和地对讲。
  小鸡的死期似乎也不远了。
  一声叹息，是从音箱中发出的；
  几声抽泣和欢笑，是小鸡子因渴因想撒尿因孤独因莫名其妙……而唱出的，
  两种声音在小空间里交织……
  交响乐的闹是多调的，
  小鸡子的叫是单一的，
  而我的主意，是复调的。

  无论多调、单调还是复调，几天、几个月、几年、几十年

之后,

  这里都将失去它们。

  而那时的主调将是平静和无声。

王弼死时才二十四岁

——读余敦康之《魏晋玄学史》

2005年5月6日，星期五

王弼，那个千年以来最权威的《老子》的诠释大师，

走（死）时才有区区的二十四岁……

刚才的那一串"……"，使《老子》和小王弼又一次俑入

实在的空虚。

小子解释老子，还令后世的来者咋舌，那岂是一个"绝"字

了得？

Twenty Four和Vingt-quatre（英语、法语的24），

那24个未熟透的春秋，怎样提取，

才能精读出一部《老子》的副本，

还有，它的升华，

以及，它的第二次的绝响？

德意志的海氏（海德格尔），

在终于走上老子而不是儿子、孙子的"道"时，

确实已经老大不小和老态龙钟了。

老我老，以及人之老。

己之老、他人之老、

千秋之老、星月之老……

都在五千言中尽现，

而第二个,最后那个是"小老子"不是孙子的,由造化派生的老子的

再生的一辈子,

却只有那可怜的Vingt-quatre和Twenty-Four啊!

一个弱冠,一个无冠,一个奶气仍旧的少年,

就那么悟了、彻了、写了、死了……Mort(死亡,法语),dying(垂死的), dead(死的)……

从那以后千年无言,

从那之后千年失语;

从That moment(那一时刻)开始,

老子真的再次回巢;

从而成就了……之后的空寂。

我的墓砖

2005年6月13日,星期一

6月13日晚,到合肥给岳父送葬后回京。"考博"结果已公布,落榜。

"我之墓砖"的选材,将是那一本本由我
亲手写成的书,
那些砖中,窜跳着生词以及哭笑。
我之墓砖中,藏着纸做的浆和浆中的话语。
我墓洞里有的,也是它们那不安分的叫闹声。
那种叫闹,吵得我之墓四周的邻"人"
都要从坟中跃起来与我理论。
但我想笑,我笑他们都已死了,
他们都已经失声了,唯有我的墓是一座响墓,
是一个剧场。

他

2005年7月3日，星期天，生日

他是……

他是一个跳梁的小丑；
那梁，是东梁、西梁、南梁以及北梁。
他，是一只做着窝的昏鸦，那些窝，在天上在地下在水边。
他，是一头顶顶撞撞的公牛，被它顶撞的
既有人也有牛还有天。
他更是一顶漂啊漂着的帽子，那帽子之下
无头无脑也无灵魂。
他还是
一丛树、一片叶、一只帆，
那帆无处扬，那叶无处飞，那树无根无基无干也无皮……
他，他，他，却只有漫漫43个生辰。

他还是……

他还是一只
没头有脑有翅无膀子的苍蝇，
他恶狠狠地冲向东墙、西墙、北墙……
还有长城——The Wall！

长城未被孟姜女哭倒,

却可能会被小黑子(苍蝇)撞倒……

长城长,万里长,万里长的城墙之上,飞旋着一只带角的牛蝇。

注:此诗用小女买的新墨笔所写。

Butter——Fly

2005年7月3日，星期天，生日

蝴蝶还是苍蝇？

Fly- Fly，四处Fly的是苍蝇。

Butter，Butter，Butter，从牛乳中提炼出的是黄油。

Fly的翅膀上沾上黄色的印记，便成了花丛中的彩蝶。

看来黄色，是转化的关键。

我，既是Fly，是黑蝇；

我，还是灿黄的彩蝇。

我是一只黄金般的亮蝶！

有鹏自远方来

——小戴来访

2005年7月3日,星期天,生日

为搅乱我43年第一天的空荡,飞来了小戴老弟——
一只远方的鹏。
于是,我就被乐坏了。
因为终于有朋,
因为毕竟有鹏。
在需要来时,展着他的翅,来自
那真正的极乐的远方。

一本错过的书

2017年4月8日,星期六

错过一本旧得不能再旧的书,
回家后后悔得不能再后悔的你。你错过的,
是一本破烂得几乎令人恶心的书,以及
书中记录的它之前的
那些早发霉了的世界上的故事和人,
以及,那一大堆往事的
尘与土。

惜 春

2017年4月8日，星期六

莫怪我啊，将那么多春天的照片，
上传到朋友圈，
只因为再过一两周，再过十几天的日子，
北京，
这个被雾霾欺负得怂得不能再怂的城市，
将宵禁一切花瓣，将复原到只有绿色没有之外一切色彩的
单调时代。

加入北京作协有感

2017年4月14日，星期五

一百米的终点和一万米的终点都同样
是一条纤细的线，
只要你能冲将过去，那线，就能反过身来，
为一百米、一千米、一万米的奔跑行程
画上一个逗点。
但倘若，你那只鞋子和已经快破烂的脚
踩不上那条肠子样细的线的话，
那么，你前无前程，你后无退路，
你就只是只跛脚鸭，你就只是个半残，
而那样悲催的结局，于我，
一个写了二十四年方块字的写手来说
是不可接受的。
在昨日入作协的那一刻起，一切
不再有任何的悬疑。
一条冲刺线定义了本无定义的过去。

虚　脱

2017年4月18日，星期二

讲课时有无力感，感到虚脱。

当我们的肉体已不再受我们脑筋的调遣，
那么，就像是一条帆船
已经不呼应那积极而思变的帆，它——那船，
将驶向何方？
当我们的肉和灵，已被身体解除了兵权，
那么，我们的精和神，是否会升腾成一团空气？
当我们的上身和下身，已不再大而一统，
那么，这满世界肯定会
挤满神不守舍的卡通。
当悲观和乐观的决斗，不再有可预见的输赢，
那么，我和你、他和我，
是否只能放弃，随天命之主宰而——浮游？

当我开始写诗时

2017年4月18日,星期二

当我真的开始写诗的时候,
我好比一条无知而无畏的船
要先冲出港湾的羁绊;
当我真的,而不是假的,想写诗的时候,
我先要做的功课,是找来前人的诗
海子、北岛、卡明斯(美)、宫泽贤二(日)等,
挑挑拣拣,
挑出破烂,捡掉垃圾,
我需知晓什么才是诗——形式的、才情的,实在和虚无的,
然后,我必须干的一件事,是不再重复他们(诗人)和它们(那些以往的诗)。
假如呢,他们(它们)已经是诗的全部了,那我就
就此止笔!

一部没来得及出版的作品

2017年4月27日，星期四

一部没来得及出版的作品——在写作者活着的时侯，
那，就好比一只好不容易大半个身子已经爬出蛋壳的仔鸡，
仅有一条腿，在最后的那一小步上跨不出来，
于是，一个新的生命耗死于无边缘的时间，
并在光年中夭折。
但是，它不甘心，
它像一座僵直的、用尸体筑建的肉碑，
在差一步就能拥抱出生喜悦的"生死蛋壳"上，
用薄弱的小身子，为自己的即将诞生定格，
铁证自己曾经一瞬间一眨眼的
曾经存在！

在国图观看《简·爱》手稿

2017年4月27日，星期四

夏洛蒂·勃朗特《简·爱》的手稿，此时，就在我的眼前，
它，多么像一张小学生作文的手稿，但它分明不是，
它如同一艘已经下水多年的航母，上面载的，
是几十架歼击机和舰对舰导弹，要打击的是，
时光海洋远端死沉的人心。
《简·爱》，可不简单。

当爱人之间的年龄差，在一个多世纪的大尺度测量下，已经微乎其微，
当贵族和平民的边界，已在历史磨浆机的飞轮中，粉碎得七零八落，
那么，简的爱，无论何等的简单或繁琐，
都是道教阴阳间有一道分界线的图案，
黑白分明。

小鱼和小虾

2017年4月30日，星期天

小长假第二天，从池塘捞回鱼。

当几尾鱼以及小虾被主人从楼下的池塘用网打来，
来到它们楼上的新家，从这一时刻起，它们
就变成了观赏鱼以及观赏虾。
它们有得也有失，失去的，是湖泊和水池的浩大，
得到的，是不用自己觅食。
它们还有一定的危险——有可能被同缸的鱼虾吃掉，因为从此它们
只能同居一室。
鱼虾想不通的是，这一切，为何都发生得莫名其妙？
它们对之，永无解答，
它们的命运已被另一物种的主人管辖。
囿于此，则安于此。
这个道理，它们会用一回回凌空的跳跃
最终搞懂。
那几条没腾空的，因它们的认命而获得存活，
而缸外风干的，是勇者的遗体，
以及主人我用意念奉送给它们的
英雄奖牌！

墓地归来的感受

2017年5月28日，星期天

我未来的墓地，不在石头和蒿草堆中，
我之墓，必然的，在遍布中国、中半球图书馆的
书架上，我书中的数百万文字，就是，那沉埋的骨灰。
每次我之著作，被未来人的手，从书架上取下，那就是
为俺扫墓啦！

作曲家的坟，在旋律中；
作家的墓，在字符里，那是写作者
模糊不清的记忆留痕。
每当有人读我的书，心领神会或会心一笑，
在"书坟"中睡眼惺忪的我，就会被重新唤醒一次，
我会用有气无力的喘息，来，迎接你的来临。
为我扫墓的你，用你的眼，在扫描我一行行苦心制作的故事的时候，
你扫的，就是我墓上的尘埃。

我虽然，再也无气也无力，从"书坟"中站立起来，
向你鞠躬，但我已尽过力了——在生时，
我曾用几十年殚精竭虑无休息的写作，为你的来访制造

理由。

我睡着了是因为我累了，我任你用蛮劲在我的书页上，毫无耐心地抓挠，

即便你并不真心爱书，即便你只是附庸风雅，

但只要你来了，只要你没忘记我……

罢！哪怕你只是偶然翻到我的书，

我也绝不把你怪罪，我哪会呢？！

好歹我的墓，还是有人来过了，我的清明，并不那么冷清。

我先谢你啦，在我还活着，还能写作，还能用笔说话、用文字表达的时候。

我的百年后的读者啊——你也会千年万载！

盆中的小鱼

2017年6月10日，星期六

盆中的小鱼，当我从湖中捞起你时，
我还以为，我是在害你，是作孽，
还以为是自己为了悦目，自私地
将你谋害，将你从鱼的世界里分离，
将你的自由，深锁于如冷宫的小盆。
与你同来的那些小虾，因熬不过盆里的无聊，
它们竟然飞身跳出了那盆儿，陈尸地板，
在空气中，把生命风干。
于是呀，你，你这条小鱼，变成了独守空盆的孤影。
小鱼呀，我原以为这一切，都是我的过错，我是你的罪人。

但两个星期后，
当那湖——你原来的家，变为枯塘（他们以"清淤"的名义），
当塘中鱼虾视为空气的水，全然不见时，
我再从那见底了的、淤泥都风干的、成了石块的"湖"边走过时，
我又想起盆中仍活着的你，
我意识到：原来，俺是你现在还活着，还能残喘的最根本的

原因——

　　我是你的救命恩人!

　　因为，至少你还活着。

摄影师的伎俩

2018年2月20日,星期二,年初五,北京—大理的飞机上

一

摄影师的伎俩,其实,就在于抓住光线。
光线,是上帝送给这个世界的一套魔术,
你只要接着用它玩耍,
就能拍出好的照片。

二

在飞机上抓拍阳光时,
你离它——太阳,又接近了几千米的距离,
如同,齐天大圣跳到半空中翻着跟头,
倒悬着和它(光)游戏。

三

兰波(法国诗人)说,他会语言炼金术,
他用那炼出的成果作诗。
多好的比喻。
而我,难道,是他之后的又一个吗?

四

即便你用时光岁月做刷子,
也蹭不干净彼此间的情谊,而它
那像污渍的遗痕——顽固的记忆,此时,
已不再能被彻底处理。
刷子失灵了,残迹便变成永恒。

五

伴侣像一双鞋子
的各自一只。

洱 海
——上苍的耳朵

2018年2月22日,星期四,午时,叠翠雅筑客栈

洱海,上苍的耳朵,
洱海,你如同一只被上苍灌进了水的耳朵,
横飞到了这苍山的下面。
苍山是力量,洱海是柔情,
苍山的水用不了,就下注到它的水槽——洱海里头。
你苍苍——那山,
你茫茫——那水,
山的坚韧,水的平和,
外加,妖女一样的云彩。
云中带着彩色,就是苍山的皇冠。
海里的鱼——鲤鱼,弓鱼,是这沧海的见证,
它们一群群地游进了洱海人之口,
但它们又一拨拨,繁衍不断。
千年后、万年前,山还是山,海仍是海,
鱼嘛,依然还是鱼。

献给卡斯罗

> 2018年2月22日,星期四

卡斯罗,第二天我才知道,
你是这家客栈主人花万元买来的,
你来自意大利,因而,你的吼声如帕瓦罗蒂。
你被拴在楼下,那根绳子终年不放松。
据说,主人曾给你筑窝——舒适的那种,
但你死活不肯钻进去,
因为你本是藏獒一样的猛犬,
你本是猎人的战友、伙伴。
而今,你却被异邦的富翁买来,
只为与他的座驾"宾利"匹配。
但我坚信:"宾利"配不上你,
主人配不上你,
这高级客栈更配不上你,
能配得上你的,或许,
只有苍山,
以及洱海。

上帝的脸

2018年2月27日,星期二

上帝的脸,是阳,还是阴?
上帝的脸上有没有皮?
上帝的脸,你"唰"地翻过去的时候,
将是几何?
上帝的脸呐,你因何从未给地球上的人类
一个正面?
我只记得,你儿子的相貌,
我仅清楚,圣母的美容。
我并不关心你的美丑,但我害怕冷不丁地
撞见你那秘不可知的真容。

咏白族村落野狗

2018年3月1日，星期四

没人确切知道

你是否是一条狗，

在这戊戌（毋需）的年月，

更没人知道，你是好狗、良狗、善狗、恶狗、美狗还是丑狗。

在这没着没落的时空，

那时空机转呀转，摇啊摇，摇出来的

竟是一群泡沫；

美景呐良辰呐看啊看，竟是一团迷雾。

你是好的也罢，

你是坏的也好，在狗年，你必须也应该就是也只能是

一只犬，一条狗！

你狗尾巴翘，你狗尾巴秃——我不计较，

你美你丑你凶猛——我不追究，

但你必须忠诚这主人，这主宰，这主旨，这主张，主流

和主题。

丢 魂

2018年3月3日,星期六

我丢了一个本子,那上面,
有几首我去年写的十分"少见"的诗。
我四处搜寻,我翻箱,我倒柜,
但至今不见。于是,我彷徨,我慌张,
我沮丧,我哀伤,因为好歹,
那是我"诗窦"初开的几篇作品。
它,
仿佛是2017年一小片为数不多的记忆的云,
它在天上,那天就显得不空。
但你如今在哪儿啊?你无论如何,得给我现身。
我有种丢魂的感觉。
魂兮,你必须归来!

断桥组诗

断桥和诗

2018年9月13日,星期四,下午,杭州断桥边星巴克

桥本没断,但当诗断了的时候,
桥也断了。
当桥和诗,一同断了的时候,则,一切皆无望。
诗是什么?
诗如同这桥,似断未断时,它就是诗。

断桥和断片儿

2018年9月13日，星期四，下午

片子断了，则人回归于古，
人断了，则片子不再延续。
片儿断而人没断——断代的断，
那么，天也不再，地也不连，千古悠悠回到原初。
因而，片儿不能断。

我活着

2018年9月13日，星期四，下午

我连续，所以我活着；
我不朽，因此我连续。
当我腐朽且不再连续，
则山也崩，水也移，
因而，山河都将不再。

我抗拒命运，我抗拒恶境，
我抗拒喜好，我抗拒是非，
我抗拒我，我抗拒他和它。
我唯一不抗拒的，是抗拒。

轮回的把戏，起于诗歌。
轮回的轮，无始无终。
轮回终会回轮，回轮更会回归。
轮回的把戏，
起于赋……
也起于，不轮回。

我不才，我不才于才，

我才于不才。
我有才又无才,
我——才无才。
我无能,无能于有能和无能。
我无能为力,却有力回天。

何为咫尺?
咫尺就是永远。
永远就是不再。
不再才是美。
美才会被珍藏。

诗人与死

2018年9月14日,星期五,杭城

有几位诗人,
整天谈论着死,
于是有一天,其中的一个,
就真的死了。
他的死,成就了诗。

青城山的道

2019年2月1日，星期五

青城山的道，还真的法大自然，

因而游人攀路时，千丈之渊，毫无遮拦。

青城山的道士，并不自然，

既无仙风，更无道骨。

青城山的道，是险谷，是难关，

你爬过去之后，就是不知明暗的——明天。

梦回遥远的童年

2019年2月8日，星期五，年初四

一

当梦，被岁月把玩，

当流年，已变成稀饭，

当红颜，或许早衰，

当海没枯，石就烂；

当懵懂，可以变现成浪漫，

当浪漫，或许就是墓穴，

当风，吹不到对方所在的彼岸，

当彼岸，成为永恒的未知，

当未知，已成为定式，

当定式，是X曲线，

那你我，该咋办？

二

唰一下子，童年变成了蜃楼，

在回忆之海的那边。

那蜃楼——约半世纪之前盖的，变成下半生迷恋的灯塔，

于是，早或晚，过去或未来的边界，开始变得模糊。

我不知，向后的回忆是不是就是

向前的引路灯。

谜 团

2019年2月15日,星期五

深度迷惘之中。

谜一样的团,在戏耍着,抖开它的缠绕。
缠绕不清的环节,在耍酷似的嘚瑟,秀着它们的玄妙。
那一道道永不明了的门和径——人生道路中的,
在望远镜企及不到的辽远中,横着铺开,再铺开……
它们的尽头,是一团火光。

雪

2019年3月9日,星期六,北京

读加拿大高校文学社诗集《春雪》,怀想蒙特利尔的漫天大雪。

雪的影子,是隐约的白色,
当它散落的花瓣,已和你隔绝了
21个365之后。

雪的印象,又是黑色的,
当夜梦中的它在天亮时,顿然化尽的时辰。

落雪的响动,仿佛会敲锣打鼓,
当那个远在地球背面的"第二故乡",
于你,已变为绝响的此时。

质问生命

2019年3月23日，星期六

老爸病重期间，想到他中年所受的委屈。

你说你漫长，为何不那么长久？
你说你美丽如花，具体是哪一朵？
你，会真的像花儿那样，开一次，再开一次吗？
你模仿的究竟是哪一种花的命运？

迎春花？桃花？玉兰花？还是狗尾巴花？
如花的你，有芯（心）吗？倘若有，该是黄的、红的，还是漆黑的？
假若你的芯（心）是黑的，你也能活得痛苦活得爽吗？
你不爽，那谁更爽？
我是在质问：好花果真能活得过恶之花吗？

"心灵飞鸿"的感言：

生命如花，善恶有度。善之花即使如昙花，也在一现中将生命之娇艳永存；

恶之花即使如塑料花般永不凋谢，却也在一出生就注定了僵死的命运。

都一样地活着

2019年3月23日,星期六,傍晚,老爸病床前

人,怎么都是活着,
可叱咤风云地活——当你风华正茂时,
可苟且偷生地活——当你陷入深渊时,
还可身插着几个管子,几乎毫无知觉地默默地活,
而此时,哪怕你手指轻微的弹动,于我,都意义重大,
大到,不亚于你年富力强时的振臂一呼,
大到,不差于你意气风发时的谈笑风生!

生死一条线

2019年3月24日，星期日，父亲病床前

在人的生死之间，有那么一条线，
它可长，也可短，可靠前，也能靠后。
它仿佛是根跳绳，摇呀摇，摇到你的脚下、足间，
于是你使劲地蹦，你拼命地跳。
你怕它躲它，直到你筋疲力尽，
于是，它，就触碰到你，
因而，你，就出局。
或许你还能等到下一盘游戏——人生再次开局，或许，
你就永久去了另外一个世界。

脸　书
——和秦立彦老师《脸》

2019年4月3日，星期三

脸书，用face制作的book！
它们因人而异，
有厚有薄，有深有浅；
有的平淡无奇，而有的
却气象万千！

清明节的新顿悟

2019年4月3日，星期三

将老父安置到八宝山革命公墓之后。

我原来一直以为：清明节和我永远没有关系。

是你，我的爸爸，五十六年来头一次，让它对我有了实际的意义。

我以前始终坚信：那些从未经历过的祭奠环节和仪式，是千年以后的必修课。

是你，我的老爹，你叫我提前那么多年开始了对它们的实习。

尽管如此，我还是幻想：

需等到万年过后的猴年马月——你属马，

那危墙（他的墓穴在墙上）上面你君子谦谦的笑容，连同你的精髓，才真格地

在宇宙间挥散完毕。

走，写生去！

2019年5月5日，星期日

记孙建中老师带领海淀老年大学国画班同学们到紫竹院写生。

写生，写生，咱们到公园写生去！
采风，采风，我们用画笔，去采风！
采牡丹、采芍药、采紫竹、采马兰……
我们老大不小，我们携子带孙，
我们来自"老大"（老年大学），我们却鲜活无限。
暮春了，坐小板凳上，绘半颗牡丹，
它们半老，俺们半衰，
然而，微风吹，花叶晃，笑语在飘荡……
老我老，却不及幼儿老，
败虽败，可童真仍在怀。
一笔笔描下去，一束束牡丹开，
那软笔、那心思、那一簇簇"生命之芯"——花蕊，
在画纸上，在园里的碧水蓝天中绽开！

八宝山上的"炊烟"

2019年5月12日,星期日

昨日去八宝山为父亲过"七七"。

每次去八宝山革命公墓,走到半山腰,都闻到一股奇怪的味道,
像胶皮,如沼气,反正,让人恶心,
原来,那是烧灼人的气味,
那传送"人气"的载体,是袅袅的"炊烟"。

于是,我戴上口罩,因而,我躲着它——那烟、那味儿走,
但不管我怎么绕道,无论是从东或是由西,无论是面南还是朝北,
它们,白烟缕缕,异味股股,都跟着灵活多变的风向,
向你侵袭,把你纠缠,让你崩溃,叫你无法逃遁。

那白烟中,可有灵魂?
那粉尘里,是否尚存气息?
它——那"烟土"中,一定五毒俱全,
它——那"白面"里,注定如同什锦。
难怪那后山,那般葱郁,

感情这公墓四周，是这样肥沃。
但，这山里还是阴森无比，冷冷清清，
哪怕是在阳光明媚春花未败的夏末！

作为活着的，我们知道：八宝山的"白云"是漆黑的、污浊的、有毒的。
但只要我们一息尚在，我们就会常来、一趟趟一次次拜谒自己的亲人，
然而，我们明白：我们永世想看也不可能看到的，
是自己的那股雪白的"人烟"。
那对眼睛——瞅它的，不属于我们，
那种眼神——只会在后来者的悲喜中闪烁。

我玩命祈求，对自己终将被一团我与它无冤无仇的熊熊火焰焚灼，
我的内心是抗拒的。
我一定、非要找个不缺我这八尺身材空地的地广人稀地方死去，
然后，我就入土为安，只要能躺着，哪儿都行，哪怕是荒郊野岭！

我想土葬！
即便，我升腾的灵魂，不会再回来寻找它的"载体"，
哪怕，我的文章词句，不缺一个肉做的"航母"，当它们的

舰载机，
　　我希求我的肉身，是全乎的，是非雾化的，是没异味的，
　　是永垂还可能速朽的，是平平静静踏踏实实安安定定的，
　　那样，蚯蚓会爬过来散心，蚂蚁会走进来做伴，
　　还有蛤蟆会"噗通"跳进你的棺椁，
　　据说这是最吉祥、最求之不得的！

　　暂别了，父亲的灵，结束了，你的"七七"。
　　我回头望，我摘下口罩，我再向上瞟一眼，
　　八宝山革命公墓山顶上那经久不散、令人作呕和生畏的缕缕"炊烟"。

夜宿延庆小仓农场

2019年6月1日,星期六

一、猫头鹰

夜,猫头鹰在树梢站立,
我,没看清它好奇的眼睛。
它好奇我们是谁,因何,来这世代属于它的乡村,
我们也好奇它究竟是什么模样。

对视后,它起飞了,于是,
我见到了它飞翔的样子,
那,分明是鹰的英姿,
原来,飞着的它并不是什么懒猫,
它真是一只矫健的鹰!

二、北斗七星

不知何故,这里的北斗七星似乎在我们的南边,
那明亮的勺子,它,就倒悬在夜空。
多年没见过它——因城市的光霾污,
几多载未端详它典雅的勺影。

三、晨鸟

夜,不舍得关门,

晨,不情愿多睡,

由于,室外的鸟儿们唱的歌

着实太动听。

你听,那鸟鸣绝不是被煞费苦心训练过的,

人家可是原唱,是天籁,

就仿佛,青藏高原少女的亮嗓。

四、"六一"

原本为了庆祝"六一"来此小住,

细数数却只有一个小朋友,

余下的,都是蹭热度的叔叔阿姨、姥姥和姥爷,

小朋友打趣说:"今天,是我的包场!"

不过,星夜下,古堡中,壁炉边,

围炉畅叙,于大朋友们,不也是"六一"?

探访延庆永宁镇天主教堂随感

2019年6月1日，星期六

你建于1873年，
你内饰光怪陆离地美丽，
你因是"谷仓"，而幸免于"文化大革命"的"战火"。

你仓中贮藏的，可是人类文明的"西洋食品"？
你是天主教堂，你是法式建筑，
至今里面，仍能听得到英文的唱诗。

这里曾血雨腥风，周边用十字架装饰的石板路上，百多年前，
曾流淌过被杀戮教徒的斑斑血迹。

你被"雪藏"在海拔六百米的永宁古镇，
显得那般"不搭"，
但你，竟用顶部美轮美奂的圣经故事绘画，
给这土色老城和墨绿的山峦，平添了一抹瑰丽的"挑染"！

人类文明之水从不同的源头，汇入沟壑布满的地球洼地，
它们分流，汇集，再分流，再融合……

你，一个另类的建筑，一个奇葩的地标，一首清澈的神曲，
你是一个姿态，是一种不同的解读命运方式，
这不也新鲜？这不也不俗？
这不也，那么赏心而悦目？

天主啊，遗憾我不信你，
上帝呀，要说你于我们，算是外来客。

我不会祈祷，但我会祈福：
我祈求精美的图案永不褪色，
我祈求优雅的建筑永不损毁，
我祈求各类文明共存，我祈求多种信仰并行，
我祈求蓝天永在，我祈求万物祥和。

延庆山中行

2019年6月2日，星期日

　　昨日与欧剑兄、周小兵大姐延庆山中行，山中野花点缀，远眺海坨山。

　　家花纵有千般好，野卉仍具万样馨。
　　何苦自家种花草，漫山迷彩盼君来。

端午节，我包了六个"文字馅"的粽子

2019年6月8日，星期六，端午次日

昨天是端午节，我包了六个"文字馅"的粽子。

我用的粽子皮，是《雕刻不朽时光》（即将付梓的书）六个分册的封面，

它们总体一致，但每一部都有些独特的设计。

六个皮里面包的，是六本书的书瓤，是粽子的馅。

你瞧，第一个粽子里面的馅是《钢铁是庙里炼出来的》，

是红的甜的，因为里面，有《红楼梦》选秀的故事。

你看，第二个粽子中的馅称作《灵与肉的厮杀与缠绵》，

难道它是个"肉粽"？

…………

第五部，叫作《研究还是被研究——日本二次会》

那可能，是寿司馅的……

六个"文字粽子"包完后，我把它们发到朋友圈里。

六个粽子的分量多少不一，但总重量我清楚，是144万字。

那相当于"稻香村"粽子的，多少两，多少斤？

我把它们投放进去的，是朋友圈，是网上，还是汨罗江？

哦，我还没忘了对大家说声："用餐愉快！"

你岂不是把朋友们,当成了江中的鱼儿?
所有的文化产品,都如同粽子,
都终将一头扎进森冷的江水里,
先沉底,再任食客品尝。

送去的,是精神的血肉,
获得的,是一江生命春水,永远向东流去。

树的回应
——和秦立彦老师《词语》

2019年6月15日，星期六

当听它被人唤作"树"时，树回应道：
俺本不是"树"，俺也并非"tree"；
俺乃一生命，何故被定名？

父亲节想父亲

  2019年6月16日，星期日，清晨

早起，打开手机，父亲节的提示铺天盖地，
于是，我本能地——如往年那样，想去父亲的房间
探望。
空的。
我因而，忽然意识到，自己，已经开启了第一个
没有父亲的父亲节。

这"节"是否也是一个"阶"？
阶段的"阶"，阶层的"阶"。
这个阶段，对那些不幸的人来说，开始得早，
我知道许多人，在不大的时候，就已经没有了父亲，
而我，都奔六了，老父头一次，在这个日子缺席。

但我，还需要使劲地适应这个新的身份——没有了父亲的
父亲。
仿佛天上开了个大洞，
好似地上有了个大坑，
也特别像巨大的时差，
总之，不适应，不舒服，不自然，

但这又是最自然的——人早晚会自然地没父、没母,
自己置换他们的角色,最后,也留给自己的后代
一个没有父亲、没有母亲的父亲节、母亲节。

想通想开了之后,我再朝父亲的房间看去,
觉得即便那屋子是空的,觉得即便没有了他
今天,不也算是个好歹该过的
节日?

舒乙画作的印象

2019年6月22日，星期六

从"孔夫子"网购到有舒乙签名的画册。

你的画作，我只能说说印象，
因为你画的，就是印象本身——
对人的印象，对景致的印象，对一切的印象。

你的画作不可模仿，因为那一时刻的美艳只有你能描绘，
想模仿你的，还不如再去发现更新的景物。

你是大作家（老舍）和大画家（胡絜青）之子，
因此你能够让情节和图像
那般有生命地媾和。

你的专业是化学，这是否能够解释，你采用的色彩
都拥有迥异的配方？
还有你是否考虑将世界另一层浓重而隐瞒着的靓丽
向世人赤裸呈现？

父亲百日祭

2019年7月2日,星期二

昨日,去八宝山革命公墓。

你一生共有两个"百日",
头一个,是八十八年前,
第二个,是今天。
第一个,是在农村老家,
第二个,是在这里。
头一个,应该挺热闹的,
而今天,这里很寂寥。
第一个,我当然不在,
今天,我和妹妹是唯一。

百日之后,对你的早期祭奠,
节奏上已结束,
通常我们只需,一年后再来。
但我们不愿随俗,我们会常来看看。

老人百年百日之后,
我认为生者应做的,

就是忘记、忘记，使劲强行地忘记，
要不，生活怎样无痛地继续？
迈过悲伤的沟壑，跋涉苦痛的大川，
然后，亮色才再显现，希望方又萌生，
那样，才能过好我等的余生。

我等，应大步向前猛走，
吾辈，须冲着烈日狂奔。
不再纠结于先人留给你的念想，
不会等候心痛伤疤的复原，
你必须减少怀念，你应该不去追思，
因为你前面的路，毕竟，也没有多远了，
由于你的未来，早已不再是青春。

暂别了，老父的蜗居，
放心，你不用苦等三百六十五日，
就能看到，我的身影。

元宏周年祭

2019年7月10日，星期三

昨日去昌平九里山公墓祭奠高中同学季元宏。

元宏吾弟，今日小雨稀稀，去年小雨稀稀，
去年此时此刻，你还在大地站立，
今年彼时彼日，你已栖身碑林。

元宏吾弟，为兄来看你。
元宏吾弟，你的突然离别，
叫上天不解，让大地诧异，
你硕大的身躯，原本壮实无比，而今，
却与他人的大小无异。

元宏吾弟，为兄着实不同意。
元宏吾弟，去年小雨，今年又小雨，小雨洒大地，
代替我们抽泣。

元宏吾弟，今夜又有大雨，我在屋里，你在山岗，
我不用打伞，你那里也不用打——你已经和天地一体，
但，那感觉可好？

元宏吾弟，虽然我知道，山上的一平方米，

迟早是大家的身后小区，但我活蹦乱跳地造访你，你却不起身子，

这，是否无理？

元宏吾弟，此时你在碑的底下，那块碑，不就是一堵冷墙？

哪日我也学会翻墙，在墙里和你共叙发小、同窗情谊。

元宏吾弟，前些年，我还和你欢快合影，

现如今，再次合影时，是与你的石碑。

元宏吾弟，人生马拉松一起跑，哪容得，有人先轻松逃离而去？

那样我等的剩余路途，岂不没人照应？

元宏呀元宏，你给那么多人，留下了这道漫长的难题。

和秦立彦老师《隔窗望月》

2019年7月13日,星期六

人路月径,
各自不同。
偶有交会,
人去月明。

送父亲最后一笔医药费单据

2019年7月15日，星期一

上午到中粮总部福临门大楼，送去父亲最后一笔医药费报销单据。

一直应该去，迟迟不愿去，
不舍将这些单据脱手。
它们是父亲生命的最后痕迹。
即便是在挣扎。

这座现代建筑，
这个央企的总部，
每年总去一次，这次最后去。

女职员微笑给我让道："您是老干部呀！"
她不知，鬓角斑白的俺，是老老干部的儿子。

人啊，谁都会有最后一次报销。
不同的是，自己报销或别人替你报销。
报销后的收入，属于你，还是家人。

最后一次来,不急着回去。
中粮咖啡厅的卡布奇诺,浓浓的商业味道。
不能像往常那样,一杯咖啡,一本书。
这儿,瞧书显得不搭,
甚至显得有些猥琐。
君不见,周边正在
国际生意进行时。
那也是,俺曾经的强项。

别西藏

2019年8月11日,星期日

拉萨—西安飞机起飞前速写。

混沌,清澈,白色,黑色,红色……
蜡染了这块土地。
飞流、走石、牛羊、藏獒、骨骼……
装饰了它。
人与天珠同纯度,
烈火中再生。
五彩的顶级绚色,
昏花了观者眼,
咒语经声充耳,
使灵魂灌浆。

难得一来,
不会再来,
一眼一bye-bye,
一步一回头。

亚洲的水塔,

东方的圣坛,

存住灵之源代码,

留下复活的 re-start。

人是否转世,

是逝后之事,

先叩拜下去,

再起身仰头,

白云在眉眼处

滞留。

奇伟的身姿——青藏高原,

高不可攀,

它却能细致观察你我。

西湖畅想

2019年8月29日，星期四

写于清波门"故居"旁常住旅店。

生命蛮悠长——用分秒计算，
又太短——与钢筋水泥的家对比，用吴山、西子湖来度量。

二十五载西湖梦、四分之一世纪的进进出出，来来往往，
从无家到有家再到四处流浪，
到头来，它还是它——那湖，
我还是我——一游人。

在西子湖的美色面前，
友人游人本地人外地人都渐老矣，
坟茔上草籽已经发芽，
虚位以待我等回归。

待吾辈变成臭氧废气时分，
她——这妖湖，
想必还将淡妆浓抹花枝招展，
迎接一茬茬新鲜苍蝇客。

岁数太短,甜梦太长,
西湖水,浪打浪,
留给那些早晚会成为醋鱼的"湖主人们"游泳吧,
我等早该上岸,吾辈对你不屑一顾,
甚至爱答不理。

"绕堤柳借三篙翠,隔岸花分一脉香。"
堤,是苏堤、白堤,岸,是彼岸。

千百载,众生用亿万只脚踩踏那两个堤,
滚滚而来,又滚滚而去。
终了时,也仿佛西湖醋鱼。
被天寿咀嚼后,留下的,仅几根残骨,

你们还是你们——这堤,这湖,这山峦,这谜样云烟,
那些芸芸岸上行者,竟没一人看到过彼岸,

> "心灵飞鸿"评语:
> 生命无常,西湖依旧。
> 滚滚红尘,芸芸众生,在湖光山色中经受洗礼。
> 遥望彼岸,蓦然回首,心花已如莲。

断桥咏

2019年8月30日,星期五

时隔一年后,又在断桥旁觅小诗。

二十余载断桥走,
此桥于我,从没间断。
延续千载霓裳,
继承百年风流。

连青山,
衔秀水。
行三步,连一段,
迈半程,衔十里。

缝合杭城雨点间隙,
熨平西湖四季隔阂。

心没断,
意不绝。
离去复归来,
偶尔再栖息。

月满人却稀

2019年9月16日，星期一，凌晨

游延庆世园会。

昨夜八月十五，天上明月有缺，
这旅店庭院，
人影绰绰，噪声沸沸，
大家赏月忙。

八月十六今晚，
天上月亮又来，
形饱满，色澄澄，
中庭却空空。
全体回城——都明天上班。
满怀无人伴，虚心有她（月）陪。
月盈，人稀。
孤影庭中走，独身光下行。

和秦立彦老师《落叶》

2019年10月20日,星期日

原诗句"叶子是一片一片落下的,脱离树枝的那一瞬间没有疼痛,在空中舞蹈……"

叶脱于树,
隐隐作痛。
本非情愿,
无可奈何。

西藏的召唤

2019年10月29日，星期二

　　西藏之行过后两月有余，夜半心悸仍不时重复。老年大学蔡兄凭经验语：必是心脏早搏，高原反应滞后也！恰得美国"垮掉派"诗人布劳提根诗集一册，乃兄写作风格与本人臭味相投，仿他风格，戏作此诗。

布达拉宫用夜的悄悄手，
偷扣老齐心上的门，曰：
You，不想我吗？
我蒙蒙醒来，黑暗中，被天空的湛蓝，
将一条缝子的猫眼，
晃花了。

那，就是几千米高的西藏。

是它不舍我，还是，
我放不下它？
假如都不是，因何
它老是夜半三更，
在老子心口打鼓？

我不再想去你那儿，
我再也不可能去拉萨，面团状的云，雪碧般的大川，
还有那，擎天柱雪山，
外加歼20模样的雄鹰。

再莫骚扰老子，
思我，念我，
岂能用这下作的方式？

假若天边行走，
云崖溜达，
就落下胸口今生再也躲不过的夜半敲门，
值否？
答案永没有。

真那样，我唯一开心的，是暗夜中一睁开眼，
就立马想到布达拉宫，
胸口，就呼啦飘过一团
地球最洁白的云。

和秦立彦老师《宝贵的词语》

2019年11月5日,星期二

人,摸着石头过河;
诗,踩着词语渡江。

灵 感
——读流沙河《故园别》"自序"有感

2019年11月27日，星期三

流沙河说："我不相信生活中到处都有诗，只等你去俯拾。我只相信感自外来，诗自内出。有时候外感来了，还是写不出，何况外感并不常有。写诗不是采煤，哪能天天按尺掘进。所以要有这点'随'才好呢。"

灵感如同误入你家的飞燕，
它撞进来了，捕住就是。
而决不可，自己窜出窗户去找飞燕，
你非摔死不可！

雪和诗
——和秦立彦老师《初雪》

2019年11月30日,星期六

词语落下,
像雪一样宁静。
雪花落下,
像词语一样飘散。

鹅、鹅

2019年12月14日,星期六

傍晚紫竹院,见两只鹅在半冰半水的湖面上呆立。

鹅,鹅,冰上傻站着,
脖子冻直不能歌,
老天看笑话。

好友"阿冯"看后"挑衅"问道:是鹅,还是"我"?
答曰:是你。
阿冯马上把留言撤回了。
一笑!

鼠年第一场雪

2020年2月2日，星期日，小雪

窗外正下着鼠年第一场雪。

北京的雪，今年出奇的多。
要是往年，此时下雪，就仿佛天落面粉，
一定全城亢奋、欢呼、雀跃，去踏雪踩雪赏雪，
但现如今，这全然不见。
雪如破棉花，无人待见。

雪是白的，这种白，或象征纯洁，或比喻苍茫，
眼下都不是。

"二"的赞颂

——写给今天的诗

2020年2月2日,星期日

呀,2020年2月2日,
有朋友提醒,今天是你的日子——二,Two。
Me, too!

普通的日子本没资格被写诗赞颂,但你太特别了,不写诗夸奖你的人,
都"二"!

二,你是一加一,但有时一加一被解读得太高深了,就不再等于你,
你是"双",你是"对"——打麻将时的,
每一副"对",都是"碰碰和"的胚子,
就如同生孩子时,有一对男和女是必要条件,
所以呀,地球上的人类能繁殖得这么多,
多亏了你——"二"。
一旦不再"二"了,咱都断子绝孙。

人类按基督教算法的历史,已经有了

两千零二十年两个月两个日的日月,
要是我再在今晚的二十点二十分二十秒
把这首诗写成的话,
那老齐我,就将是全宇宙最"二"的人!

或是它(老天爷)的一个愚钝,加上我们的一个弱智,
早已不是"二"字能够载承。
我是想说,这时的一加上一,早就等于"三"了!

四棒接力

2020年2月12日,星期三

语言的枯燥,
变成思想的空虚;
思想的空虚,
变为行为的鲁莽。
如此四棒接力,终点
是愚钝。

骂　雪

2020年2月15日，星期六

昨日，庚子的雪又下了一场。
徒劳的雪。
傻大白粗的雪，
下得猴急，下得按捺不住，
下得不招人喜欢，
下得不受人待见。

人们猫藏家中，
不能外出。
想去赏你，
但俺们不敢；
想去踩你，
但担心病毒。

你是"不寻常年"的标志，
因为北京的雪，早漂移到广东去了。
你的频频降临，证明今年的反常，
你的死皮赖脸，象征春日的延迟，
因此你越自讨没趣、越没眼力见儿的下，

就越没人稀得看你!
你是在玩命裸秀,
却没有热心观众。

你终于got the message——整明白了。
于是,你草草收场,不死心,你还嘟哝着:
北京人,甭不理我。
北京人,你等着,等老子四月鹅毛再来!

咏2020年第一朵迎春花

2020年2月23日，星期日

2020年第一朵迎春花，
它在运河堤边的水泥墙上
被我惊喜地看见，
那仿佛是枯枝上闪现的一绺金黄的挑染。

迎春花，你每年都会先来，你是春天的信使，
但今年能第一眼看见你的我，算是最有眼福的，
在千万民众都猫藏室内的这个时候。
我出门的理由，当然是为了采购补给，
那才出阁迎春花姑娘的新姿
是对俺勇气的犒赏。

你虽不那么起眼，你尽管那么地小，
但你的金黄亮色，远胜于万紫千红、富贵妖艳，
因你是生命的再点缀，因你是希望的重回返。

你在这个时候挂上枝头，来得不迟，也来得不晚，
因为，百花盛开、万物复苏、苍白消失、万民重聚的信号枪
就从迎春花金色火焰中，爆响！

"真话"的思考

2020年2月27日，星期四

都20个世纪过去了，
真话能不能说？什么才是真话？
还是个答案渺茫的头疼思考。
真话啊，你真是难缠！

世界上似乎句句都是真话——
真正说的话。
但真正的人话是不是真实，
却有待求证。

假话真是个奇葩，
既然不是真的，说了有什么用呢？
哦，想起来了，
能说不真实的语句，也表现了文明的进化。
至少，假话是大脑分成"正、反"两瓣的产物，
揣着明白——用头，
说着糊涂——用舌，
那不也是一种高级动物的聪明？
结论是——人类啊，

聪明不要小，
大智需真实。
心口请如一，
免得被暗算。

重享"田园"

2020年2月28日,星期五

我们又回到田园式的生活。
一口袋小米,一两棵白菜,三四条冻鱼,
那下面几天的生活,就还可以。
冰箱不用太满,微信上的钱不用太多,
因为太满、太多,其实没用。

假若你只关心你的小家,及小家中的自己,
那么,生活就这么简单,欲望就如此低,
而且,满足是多么容易。

一两扇打开的窗户——用作通风,
一两瓢干净的水——用作洗漱,
有一个埋头给你做饭从不敢抱怨的老伴,
你就着户外探头的月亮,抿口小酒,
你蘸着还没变质的甜面酱,啃块萝卜,
这种日子,难道不正是陶公的"都市田园"?

人类的自在闲适,是"人之初"的状态。
你和我最本来的"刚需",其实在米面之间。

我们多歇上十天半月,哪怕是小半年,
又有何不妥?
即便那样,我坚信:
地球肯定照转,太阳必然照升,
而且,地球变暖会慢,太阳会更光明。

惊蛰日所感

2020年3月5日,星期四,惊蛰

二十四个节气,在任何年头,
也会一个一个地经过。
动物的发情、草木的苏醒,
随着惊蛰如期到来,
也开始进行。

公园里的人——躲着我一米远的,
在一个个增多,
金鱼鳞般的夕阳,在水面上撒着金币,
唯有铲屎官们前面低头行走的"向导"——
我是说狗,
还在冥思苦想,思考着自己今后和人类相处的方式,
是仍旧抱抱搂搂,还是彼此作揖?

人生如大树

2020年3月11日,星期三

为宣传《研究还是被研究:日本二次会》,翻看35年前、10年前在日本拍的照片有感。

都说十年种大树,我改成一百年,
一百年的人生——理论上的,
和树木同期。

百年树身,有顺溜的,有砢碜的,
但都会有树疤,每十年一个,一连串的,
随着你的年轮增多、变大,直到
一身的圆圈。

人比树幸运的是,
能返回头,借着早年的照片,
在中老年,
回首自己的青春,
观瞧自己还是树苗时的模样,
回味自己通体无疤痕的纯正。
即便可以这样,但为时已晚,

此时的你,浑身上下
早已枯朽烂糟,被瘢痕布满,
再不可能重现
树苗的光洁,
嫩绿的纯真。

速描：早春二月运河边

2020年3月15日，星期日

早春二月运河边上的迎春花和人一样，
再也憋不住，就索性全开了。
黄澄澄的它们瀑布一样，
不再羞羞答答，也不再星星点点。

还有白色的花，不知是桃还是梨的，
也配合着柳叶的初绿，
在蹁跹舞。

人会复工，花能复开。
即便人不复工，花儿该开时也照开不误。

天那么湛蓝，白云也悠悠的，
仿佛地中海里的浪团。
运河边上行人明显多了，还有忘情玩耍的孩童。

大风天国贸游荡随想

2020年3月18日，星期三，下午刮十一级大风

十七年前，
我在国贸办公，
指挥商战杀敌忙；
十七年后，
老衲我神色恍惚、六神无主，绕楼宇游荡。

真怀念过去：
十七年来风与火，
八百日里情和爱，

回首国贸繁华，
富丽堂皇、色彩缤纷，
汇万国人，集千种语，
更有那
冰场舞姿多华丽，
商贾云集耳目新。

恨眼前，
大风来前人惶恐。

仰头看,
"国尊"高楼风中摇。

但愿那,
朗朗中华天明澈,
芸芸世界月无暇。
国贸风光重再来!

一年一度玉兰开

——见紫竹院玉兰花开有感

2020年3月22日，星期日

一年一度玉兰开，
家父忌日这时来。
灵台花蕊不用备，
自有天官献上来。

父亲周年祭
——八宝山革命公墓行

2020年3月24日，星期二

不觉365日，你渐行渐远。
漫山兰花又一季，
雪白同去岁，惨淡如泉洗。

人生万事空蒙，
尽管红尘滚滚，终化骨粉皑皑，
或变青烟一缕，绕新翠缓缓腾空。

你血骨柔刚，
变孩儿酷似身躯，
为父扫拭一岁尘，
除阴间四季烦思。

人祸天灾不绝，
生命何有不舍？
山花红粉青草伴，
不也更胜人间？

三月三，院里又跳广场舞！

2020年3月27日，星期五

农历三月三，本为轩辕诞辰，
惊见中年妇女广场舞，
三个人，跳得不慌张。

路人甲我忽觉得
莫非生活返正常？

时隔几个月，重见大妈舞，
仿佛惊蛰春分雨水几级跳，
跳出百日禁闭。

瞅她们，不咋美，却认真，
竟惹得老夫呼神奇！

中国广场舞，真非同一般，
从嘉峪关外，到雅鲁藏布江畔，
肉眼见：凡有小广场，必有舞女群。
这是新国粹！

和秦立彦老师《未来一瞥》

2020年4月20日，星期一

地球与人类，本来前者为主，后者为次；
一旦主次颠倒，主者觉得悲摧，
就用非正常手段反击，
于是，形成了瞬间的混乱。
这时候，人类陷入惊慌失措，
对大势的调整无心顾及。

谷雨次日看独樱

2020年4月22日,星期三

前天,谷雨次日,
几经波折后,终于到玉渊潭看樱花,
看到最后一株。

天高明澈,九级大风。
湖波荡漾如褶皱,柳枝狂舞似长鞭。

残留一株樱花树,她应该是
晚樱、晚樱、晚晚樱。
呀,万花散尽,你独满开,
莫非是专为老夫我
藏留一树姿色?

玉渊潭,我的家,
自打小,就来玩。
儿时回忆满满,与发小湖里抓鱼虾,
更有秋冬日,岸边站着换(游泳)裤衩。
据说,现在不合法了!
老子游泳五十年,小毛孩儿,那时候没你,咋说爷爷不合法？

更有樱花园，从第一棵树苗，看着它们长大，
每逢春日沐花雨，只管饱眼福，管它是不是日本的！

可恨庚子年，想看樱花来不得，
预约、预约，俺家后花园，约TM什么？
樱花独自开，万种风情无人睹，
可惜了整园尤物，它们自己嗨啦！

今日终于得相见，
却已落英如雪，残骸满地。
多像是，十几万刚谢世生命，
花瓣人魂，被九级风吹飞。

为父亲的共和国奖章号码而写

2020年4月22日,星期三

昨日父亲单位来电话,让我报一下父亲"共和国成立70周年奖章"的号码。

你的号码是2019031885,老爸。
要不是有人问,我还没在意这个。

31885——第三万多个?不知。
这是不是得奖章人的全部?因为,
你是最后一拨儿——这是补发的。

你于2019年3月去世,但也该有你的。
于是,这是一枚发给已故革命者的奖章,
你遗像看到它时已经是2020年初。

三万多人,这意味着什么?

老爸,你十七岁参军——1947年,
因此,在他们中间,你是最小的弟弟。

父亲，这是你死后才得到的一枚"终生成就奖章"，
鲜红的它不大，但它所代表的荣誉却巨大无比。

不过父亲，前年，在你最后一个生日的时候，
你再次亲口讲述了这枚奖章真正主人的故事。

那天，当家人聚集，给"老寿星"做寿的时候，
早就老年痴呆的你，忽然出乎意外，正襟危坐，军姿挺拔，
你侃侃而谈、口若悬河、万分动情，
你说你本不该活到那么大的年岁，
你的生命是一个战友换给你的。

那夜，本来你站岗，是他接过枪让你先进屋去，
你刚进屋，哒哒哒，就是一梭子枪弹，
全都打进他的胸膛。
而你牺牲了的消息，却迅速传遍了四方，
家里人都为你悲伤，筹备着后事，因而，
当你过些天又黑灯瞎火潜回家时，全家人吓了一跳，
都以为是死人复生。

以上这个生死故事，我们早就知道。
你阿尔斯海默多年，连亲人都不认识，
我以为你早就遗忘。

因此父亲,在最后生日宴上你讲那番话时,
是近些年你头脑最最清醒的
十几分钟。

你肯定已经为自己最后一个生日,
先刻意打好了腹稿。
你最想诉说的,
就是感谢那个战友救命的恩情,
他本该活着享福,且享受荣耀。
还有,就是你早把生死看淡,你不怕离开人世。

父亲呀,你"生死牌"的编号是31885,
我真无法全知道,它究竟意味着什么。

我以"革命后代"的出身为荣!

换新手机感慨

2020年5月17日，星期日

人的一生很容易计算短长，
就是，按你总共更换手机的次数。
这个华为Mate30，是本人使用的第六个手机，
其中有那么几年，甚至我不用手机。
那几年，本人是个老板。
本人之所以老板当得马马虎虎——我是说没被累死，
诀窍，就是压根没有手机。
第二个手机，是元宏弟送的，
而他，已经不在人间。
咳，人的一生长还是短，就是，
你更换手机的次数。

最后的晚餐

——给蟑螂预备的

2020年5月21日，星期四

大雨倾盆，去买蟑螂药。
被强烈推荐"最后的晚餐"——好名字，
好像制药的人，亲自吃过。

久没被人搭讪的女店员一听说是灭蟑螂，
就无比兴奋、口若悬河，和我分享她丰富的"灭蟑"经验，
那阵势我能看出她家里肯定四处都是蟑螂。
她为我推荐了几种最残酷的法子——
脚踩、喷药、引诱吃药，使其面部神经瘫痪。

最最关键的是——她总结性强调：
最后一定要焚尸，用纸包了烧掉。

我摇头，说：我自己以前的经验是将它们打晕，
然后用簸箕撮起，放入马桶冲走。
她连摇头说：不行，绝对不行，
那样，小强会被冲到邻居家，再顺着管道回来。
我赶紧说：它们原本就是从邻居家流窜来的呀，

叫它们哪来哪去。

再说，俺家这次的"来客"是核桃仁般的"大强"。

肯定不行，都像您这么做，蟑螂啥时才能死绝？！

可我不想主动杀生呀！

我让她推荐一种不杀生就能把"邻家来客"护送出境的法子。

她迟疑许久，说：那您只能试吃这盒"最后的晚餐"了。

"六一"节新晋五胞胎妈妈的"糖糖"

2020年6月4日,星期四

第二次去延庆小仓农场,
最大的惊喜是糖糖——一只美国短毛(美短)猫咪,
晋升五胞胎妈妈。

传说中的"准妈妈"糖糖刚一岁。
头天晚上见时,它只是肚子偏大,
摸摸,没有幼猫拳打脚踢的胎动,
我以为它的预产期会是今年秋天。

谁想第二天早起,糖糖竟然已经一只接一只生产出了五胞胎,
只见一群"小虎崽儿"趴在它肚子下面嗷嗷吸着奶。
那正是"六一"的当晚,一个儿童们蠢蠢欲动的时段。

谁是糖糖的夫君、猫仔儿们的爸爸?
几只整天围绕它转悠的男猫儿都是"嫌疑犯",
其中一只据说是英国短毛(英短)的可能性最大,
但我见它头顶一片漆黑的三角形毛发,眼神很阴险。
按说,阴险的男猫儿不应是懂事好脾气、爱和人类厮混的糖糖的老公,

但那只是我的愿望,可能正因为"英短"用了英国式的阴招儿,
才让没心没肺的"美短"糖糖就范,
况且人家"英"和"美",本来就沾亲带故嘛!

只用了一夜的工夫,"糖糖"就顺利卸载(崽),提升资格,
它猫步轻盈,姿态坦然,除了饿得没啥吃相——为哺育孩子,
俨然啥事都没有发生,
好像也不太在意地球上因它,一夜间增加了五只哺乳动物。

下午我们要返城,糖糖特意从"育儿房"出来,
迈着款款步子顺楼梯送我们到楼下、到门口。
别人不说我还真没在意,
糖糖除了会变"一夜当妈"的戏法,
还懂得迎来送往之道,
甚至离别时会依依不舍、含情脉脉。
哦,它也懂得那两个字:"情谊"!

从"感情"派生"友谊","友谊"又催生"感情",
这个道理许多人不活到七老八十,可能都悟不透彻,
而人家"糖糖"——这个才一岁大的"单亲妈妈",
凭这么微小的身体和岁数,就已经熟知。

咏紫竹院水中荷花瓣

2020年7月4日,星期六

落荷败叶两相好,
残花剩瓣一样馨。

再歌紫竹院、玉渊潭荷花

2020年7月10日，星期五

无论你们是睡莲还是荷花，你们都不得好死，
春末，你们从水池中窜出来；
秋末，你们魔术般消失。
那两池水——小的，紫竹院；大的，玉渊潭；
就又结冰。

冬天，冰之明镜、雪之花白，
让人类把你忘却。
万物皆有四季的模样，
那树，那山，夏天胖，冬日瘦；
那池中游鱼，那空中禽鸟，谁没有四季的造型？
唯独你们，睡熟的莲，清秀的荷，
如鬼影夏日美艳，像空气冬天不见。

你们死了吗？你们是否得到好死的舒服？
一池湖水上，你们一两个季节那么好看，
再两个季节却无影无踪。
怎不让人误信：生命多无常，时可有，时又可无！

注：本诗模仿美国自白女诗人西尔维娅·普拉斯（Sylvia Plath）风格。

拍下北京的彩云

2020年8月6日,星期四

扑朔迷离的彩云——
北京的,
被我收藏进手机之后,
你才曾经存在。

美艳无比的彩云,
你好似那昙花,
一现过后,
不知何日才会再次抖擞。

彩云是恩惠,也是不祥,
你瞬间媚态之后,兴许有人,
永远不会和你再邂逅,
人生恰如你般无常。

七夕和老伴观玉渊潭灯光秀

2020年8月25日，星期二

七夕夜，老牛郎和旧织女，
携手同行"后浪"中，观灯赏月步轻盈。
人生有何求，百年缘分在。

月亮灯明魔幻处，
还有伊人随影行。

天边太遥远，
眼前不孤单，
地球上面有伴侣，
也算晚福不浅。

莫道有情皆成双，
携手共进才为真。

但愿千里同婵娟，
也祝万偶共缠绵。

和秦立彦老师《望月》

2020年9月4日,星期五

似乎只有人类才会从半个地球的各个角度,
向另一个星球
集体行注目礼;
不知别的物种会不会这样,
但至少水中动物
不可能吧!

《雕刻不朽时光》终于被国图收藏有感

2020年9月23日，星期三

通常，一部书出炉后，
仅需数月，就能被国图收藏，
但六卷本的《雕刻不朽时光》
从同城的出版社到国图跋涉了近400日，
我每日在网上追踪查询，
昨日才终于尘埃落定，
它们终于走到、走进了国家图书馆。

400个日起日落，无数小时的惦念追查，
那一套六卷书似乎在不知缘由的缘由中徘徊——
我们是进去呢，还是不进去呢？
面对图书馆的长久歇业，
我们不着急，我们不怕主人的焦灼，
最后，我们还是去了最该去的地方。

只有它们进了国图，写书的本人才终于踏实了。
而这，或许只有写书的人才懂。

灵魂有分量吗？

如果有，那么千余页的《雕刻不朽时光》可谓不轻；

灵魂占空间吗？

如果占，那么近半平方米的两套《雕刻不朽时光》可谓肥硕。

在地皮稀缺的国图中，光你们——6×2=12册书，

就霸占了那么一大块地，更何况，

还有，本人其他二十几部先进去的著作，

所以，难怪，

它们走得那么慢，慢到半个城市的距离磨蹭了十四月。

原来担心：人家收藏不收藏呢？

哪怕，按"规矩"国图必须收藏两套。

我掰着指头计算：至此，这套书至少已被全国八家图书馆永久收藏。

虽不算多，也远不如人意，

却从北到南、由东至西，

从寒冷的沈阳，到潮热的广州，

多像是一个人用六年时光雕刻而成的个人的魂、城市和国家的魂，

在华夏大地上低飞着寻觅它们死后之穴和掩埋墓地，

用于安置自己，用于贮藏时代的微弱残光。

庚子年9月22日，

140万字的《雕刻不朽时光》终于进入国图的"保存本库",

那可是只要这个国不灭、城不失、民族不凋零,(说严重了)

就永远不会有人能取出的国家书籍永久收藏库。

那个地方,书只能进,却不能出,

也只有那个地方,灵柩(精神的)才不会被扒坟。

这意味着什么?

于我、于你、于此种文字文化(汉语的),这是失色还是添彩?

我本人、这个时代,恐怕谁都不知。

索性不想它,就让时光自己将自己雕刻吧。

"我爱你中国"

——国庆音乐会有感

2020年10月2日,星期五

昨晚的国家大剧院,被火红的音符点燃,

昨晚"双节"("十一"和中秋)圆月的脸盘,

被浸泡在《红旗颂》《黄河》《武汉交响曲》《我爱你中国》及贝多芬《命运》旋律的涟漪池水中,洗脸,美颜。

昨晚观众们的掌声,响起来就不肯停息,

昨晚的指挥家(李彪)、钢琴家(谭小棠)比以往任何一次,

都更帅气、更卖劲,也更真诚。

你(这台音乐会)是瑶池里的梦——

半年前的我曾那么想,

你(这些美丽音符)是眼前的离奇——

在大半个地球还纠缠在"新冠"妖魔之中的此刻。

假如我们幸运,

你可能是一场场艺术盛宴的"前菜";

倘若我们不幸,

你也可能是唯一的、最后一场奢侈的"精神加餐"。

此时此刻,你我干脆不管不顾,别想也别在乎。

那一时刻,当全场观众全体起立,在李指挥稳健手势的带动下,

一遍又一遍地齐唱《歌唱祖国》的时候,

我们只需享受那激动的场景,沉醉于那热血沸腾的心情。

时隔二十九载,再次拿到驾照

2020年10月19日,星期五,"东方时尚"驾校回城班车上

人生是一部车,有先上、后上,有自动、手动,
当然,还有汽油和电动,
而本人,一部时隔二十九年再上路的老车,算是什么呢?

人生是一部车,有先下、后下,
先下的,用背影向后下的告别,
但真理是,你早晚都得下。

人类是司机,有男司机女司机、嫩司机老司机,
而我却是一个跨代穿越的怪司机。

别人拿本子时,才刚刚上路,
而我再拿本子的这一片刻,
就瞬时跳过二十多年光阴,
与前十几万公里开过的"青春老道路"
严丝合缝地缝合、对接。

和秦立彦老师《秋叶》

2020年10月18日,星期日

片片落叶如同张张书页,
终了,
或与泥土共枕,
或和精神同眠。

问月楼

——题紫竹院问月楼来宾簿

2020年10月25日,星期日

紫园问月,可有?
竹林听风,全无!

秦立彦老师诗《冬夜》评语

2020年11月13日,星期五

这是写夜晚最简练最好的诗,就如同只有一个色调的夜。

悼念恩师
——《苦途》作者张金俊

2020年11月26日，星期四

疫情期间张老师三次给我打电话嘱咐我别出门，24日晚上看到是他来电时还以为是同样的嘱咐，没想到不再是他的声音了。

人生苦途终有崖，
天堂甘路始无期。

驱车去九里山公墓给张老师和元宏献花

2020年12月8日,星期二

这是我头一次驾车去远郊的九里山公墓,
给张老师和元宏弟献花。

他们,一个是我兄弟,一个是我恩师;
一个前年走,一个刚刚去;
一个55,一个83;
出自同一个学校,一个是学生,一个是老师。

马上要闭园,夕阳西下,余光如波纹,
我喘吁吁、气呼呼,爬小山、跨碑林,
两户相隔几百米,门号不清晰,
但我必须两个都找到,两捧花终须都送到。

我像送花的快递员。
先找到一个的碑,元宏的,把鲜花放上去,
没工夫和你聊了,拜拜了老弟,自己多保重。

时间不等人,
我迅猛跑,跑过千百个新老墓、大小碑,

地址，地址！你们上面咋没地址？
不是发牢骚，我只是不想打扰别"人"，
我用残阳下落紧催的那一点时间的空子追问：
张老师，您家究竟在哪儿啊？！

终于找到"乘德园"，终于看到张老师的名字，
匆忙把花献上，
那黑色的，里面有一本《苦途》（张老师著作）和我字迹的"小房子"上面，
一捧鲜艳的花束涂抹掉黑色的单调。

"快递员"不按门铃，老师家中也没人开门，
但礼品及思念之情，
在闭园的最后一分钟送到，
主人很满意，不会给"差评"。
"快递员"脚踏飞步，背对着最后一缕冬阳，
从碑林中匆匆走过。
气流飘过来，抹掉他脸颊的
一串泪珠。

荔枝树恨

2020年12月27日，星期日，上午

写于南方科技大学九座山头之一

科大荔枝树满山，枝头无果树枝弯。
因它累死疲劳马，贵妃早知何必馋？

南科大"后疫情时代的跨文化研究"研讨会参会感

2020年12月27日,星期日晚,深圳罗湖

来时担心去慌张,大疫之下南科行,
人生散聚平常事,唯有今年不相同。
会终人去楼空荡,余温热烤心不凉。
老夫暗发学术心,不言不语细心闻。
疫前疫后休再问,心通环宇乃澈明。

深圳、深圳!

2020年12月27日,星期日,晚

深圳,深圳,你是一条没锚的船,
你只知道前行!
深圳人,深圳人,"来了就是深圳人!"
全世界,只有你敢这样说!

深圳人,深圳人,这三四十年,你们都是来"闯关东"的,
你们前无古人指路,后无靠山歇息。

深圳人,深圳人,你们在自己的故乡,
都是不太得志者,
因为但凡得志的,不会背井离乡,
更不会铤而走险。
你们是画笔——用你们的筋骨,
这块地是白纸,任你们随意挥毫。

深圳,深圳,你远不仅是一座"沙漠"上从零建起的城池,
你是一个魂灵,更是一团炬火,
你是一股溪流,更是一条通海的大河,
既有暗流汹涌,也有波涛滚滚,

深圳，深圳，你的与众不同之处，
是有一个公平的起点和一个标准的"成功度量衡"，
那个衡量工具绝不仅仅是货币，
而是全城居民共识促成的规矩。
遵守者，留下；不服从者，离开；
因而，你是一个崭新的"公民社会"。
五湖四海的投奔者，无论男女老少，
都放弃自己曾经的过去，
都遵循一个崭新的生活准则。

再会了深圳！
我知道你无心听闻我的赞颂。
正如你无暇玩赏自己这个世间奇迹的出类拔萃，
因为此刻，你还在大步前行！

辛丑清明日

2021年4月5日，星期一

时热播电视剧《觉醒年代》。

清明无雨春意浓，
辛丑无春已启程。
觉醒昏睡何须顾，
小楼饮风半醉醒。

和东坡《水调歌头》

2021年9月21日，星期二，晨五时

昨夜观月后，牛年中秋日天没亮断想。

莫说千里共婵娟，我只想与好友一起观月；
毋言人生能长久，我仅愿和至亲同睹夜空。

明月那边可有我早逝的亲人？
今昔它邦还舒坦，我离世的师友？

人间清影虽弄得，但没有了你们，已倍觉孤寂；
乘风归去是定局，只是不知时日，也深感无聊。

问青天何须把酒？酒驾要关禁闭，
天上宫阙何年不知，去了再把卡打，
没有恨，只有烦，烦自己烦亲人烦世事，
世事古来没变，从古至今烦了又烦！

最终，都躲到琼楼玉宇，
结果，都在月亮上搭窝平躺，笑看地球人间！

圆不圆，都是月，不圆呢，也能美颜，
缺不缺，也都亮，只要还亮着，就有光线。

自古难全者非明月共赏，
千载悲催的是不知人生前后左右！

那里可似人间，咋样？
不似，不也得去？

无眠、长眠，有区别吗？
悲欢，离合，又能咋地？

昨天八级大风，想乘风去哪里？风都停了，还没想通，
睡卧处高冷冰寒的，得打开空调……

呼，呼，呼，我继续睡着……

咏《秋牡丹》
——题叶磊《秋牡丹》照片

2021年9月23日，星期四，秋分

硕果仅存《秋牡丹》，
坚持不懈表春心。
年华数度随风去，
繁容永驻不改变。

今年北京赛江南

2021年9月26日，星期日，紫竹院大湖，烟雨中

今年北京赛江南，
雨不停歇没晴天。
只把首都当杭州，
不坐高铁断桥边。

写给重症监护室中的母亲（一）

2021年10月11日，星期一

无论我怎样努力和你的病邪搏斗，
它都如此顽固，将你的身体撕扯。

无论天国那边的花坛怎样美艳，
人生的眷恋于你，也如此的强烈。

十指连心，糖尿病足的痛苦，上刑般的剧烈，
全心全意，我想尽法子，帮你抵抗折磨，

但无济于事，但枉费心机，
我们都不是邪魔的对手。

母子连心，我从你的脐带中吸吮养液，
牙牙学语，我从老娘叨唠中学会发声。

而今你受难，在冷酷的重症室内，
今晚你无意识，我怎能把眼皮垂下。

人生九十，按说已不算少，

亲人相守,谁又嫌日多?

生离死别一丝线,呼吸机上的留守,
愿不愿意都必须接受命运的裁决。

儿子期盼伴老娘归,求上苍开恩!

写给重症监护室中的母亲（二）

2021年10月12日，星期二，凌晨四时

母亲，半夜醒来想给你倒水，可你已经不在隔壁的床头。

或许是早年丧父，也许是从小叛逆（参加革命），
性格刚烈的你并不是世界上最温柔的母亲，
六十年来，我与你始终若即若离。

从没人怀疑你的聪慧，任何人与你打过交道，
都为你的超强记忆和分析能力而折服。

你多愁善感、情感异常丰富，这都是我喜欢写作的母系源泉；
你狐疑猜忌，对人性始终否定加否定，那或许是我批判犀利文风的元初。

你也有温柔博爱的一面，爱大时仿佛巨伞，能把天下笼罩；
你时刻叫我不要忘恩负义，这是山东人的特色，只是你"偶尔"把谁的"恩"和谁的"义"搞混。
你的母爱很有特色，强烈时如万里暖风，让我承受不起。

就在上周,我们在秋雨中去宣武医院看病回来,回家后你一再打电话给我,问我着凉没有。

就在前天夜里,你清醒时看我在屋里陪床,说:"我的好儿子!"那是你对我说的最后一句完整的话,那也是对我几十年奉老的最高评语。

就在三天前那一夜,你叙说着六十年前我五十六天时见到你喂奶就认出你并啼哭的"聪明故事",之后,你竟提出了一个十分难为情的意愿,说你可能活不多久了,让我像六十年前那样和你睡在一张床上,我犹豫了半天,还是满足了你的心愿,于是你半搂着我,像抱着一个婴儿,那,可能是全天下父母感觉不久于人世时最真切的祈愿。

反正那时候的我可能也会。

重阳悲凉歌

2021年10月14日，星期四，农历九月九日

今又重阳日，天下人敬老之日。
老父已西去，老母一息存。
前者九十（虚岁），后者九十一（虚岁）。

虚虚，此处可不实。

重阳重阳，double suns，生来头顶两个大太阳，
一个是father sun，一个是mother sun，
普照滋润我半个多世纪，却终将接连陨落，
剩下的，是借助太阳发光芒原本月亮的我。

你我小月亮，
上辈双阳都走后，我们升格变太阳，也成重阳被敬之老。

原本三点一线星空图，悲凉变两点。

烟台女儿王亚平去太空
——你带着我妈的魂灵

2021年10月16日，星期六，凌晨四时

凌晨二十三分，
女宇航员王亚平乘神舟十三去太空，
她也是烟台人，我妈小乡亲，看着好亲切。
骨肉相连，性情互通——老乡的意义。

北风紧，急降温，萧瑟日子步步逼，
说老娘发现有浮肿，明天要用透析机。
痛心，痛心。

我妈曾是烟台受嘉奖教师，也是农村穷孩子，
王亚平同样的身世，兴许，老妈还当过她父母的先生。

小老乡靓丽，小老乡飒爽英姿、一身正气，
烟台人典型气质！

烟台人特仗义，但烟台人有脾气，王亚平估计也是。
沿海的胶东人豁达通透、聪明、勤快，有卫生和精神洁癖，
我接触的所有母方亲戚，几乎都是。

最近我才惊愕发现，母亲今年六月份，竟将两三年的工资都一通打给了她小学同学，那个"姨"。

"姨"她几十年都没见过，但八十年前的发小还每年给她寄全套被褥，给她织毛衣，邮各种吃的，这种大情大义和大回报，只有胶东人才干的出来，也只有山东人能如《水浒传》人物那样，几千年过去，依然爱也爱死，恨也恨死，夸也夸死，骂也骂死！

河山容易改，秉性不好移！

王亚平出发已经三个多小时了，带着她祖辈——我老母亲的容颜、精气神、风范、利索、聪慧，

和脾气？

一个重症监护室无知无觉静听病院北风呼啸，
一个外太空手舞足蹈当美丽"飞天教师"。

都是烟台人，祖孙骨肉亲，都在绕地球神速走，
一个走魂灵，一个步精神。

咏紫竹院银杏树

2021年10月17日，星期日

每年此时叶色变，周而复始定期黄。
人生衍变亦如此，怎会衣袖永远绿？

与母亲最后一次亲密接触?

2021年10月18日，星期一，凌晨

或许是生命中最后一次与你的身体亲密地接触?
昨晚我抚摸着你的额头，亲吻着你的脸颊，
推你去做CT，和你一同沐浴在放射线中，做可能是最后一次的体检。

你还有热度，你还有热情，
但你浑身膨胀，但你呼吸困苦。

或许是我的号啕大哭，惊扰了你几天深沉的睡眠，
我看见你的眼皮上，分明有一小滴晶莹的泪花。
我想，你一定知道儿子就在自己身边。

你残破发黑的脚趾，还流淌着血脓，
它（病足）仍然没放弃，对你已经全面崩溃躯体的攻击，
也罢，放弃吧，解脱吧，逃走吧，飞跑吧，
跑向无痛，跑向轻松，跑向今晚窗外高悬的那轮明月。

我见嫦娥舒彩袖，在做着迎接投奔者的预演，
天外金光多璀璨，在诱引人间脱离者的魂灵。

老娘老娘不要怕,先走一步去天堂,
那边也挺好,何必念人间!

一会儿,要去八宝山为母送行

2021年10月24日,星期日,早晨

两片安眠药,清醒三五次,我辗转难入眠,
因为,这是母亲肉身在世界上的最后一夜。

今天,要去为你送行。

即便告别厅中能多躺两日,也不可能永久存放,
人的肉身终将走,化作虚无缥缈一缕青烟。

好寂静啊,我的手机,母亲走后,
再也无护工、医生、急救车来的惊心电话。

好不适应呀,几十年母亲的耳提面命、唠唠叨叨、吵吵闹闹,
都不再传来。

好不习惯呀,高峡出平湖,再无皱褶的未来生活——没有为父母服务揪心的生活,悄然开始。

这之后,是十年、二十年的"自在期",然后,

轮到我生病、我苟延残喘,
我也会把自己的末日和后事,
留给自己的爱女——这就是人生通常的起伏和平仄,
一轮轮,我们先来后到。

母亲的肉身,这会儿还在人间安睡,
过不久,儿送你西行。
莫怕,莫闹,莫紧张,你前面路上一代代,人挤人,
其中就有你夫君、我父亲。

说到夫君,我才知当年搞对象时你对他撒了个终身大谎——你的真实生年并不是1932年(身份证),也不是1931年(我们都以为你属羊),而是1930年——你和父亲同年,你俩同属马,而且你比父亲还大半年。

喜讯呀喜讯,缘由已无需深究,可能是你想让"比你大"的父亲一直谦让着你:吃饭让着你,冷暖让着你,吵架也让着你!

我莫大的欢喜——在得知你又多了一岁,终年是九十一岁半时。原本我对你的"预估年"就是九十一岁,因人生过九难得,过九十一更难,如果你是九十一岁半,那我的遗憾瞬间泯灭,我的欣喜忽然天降,我娘已经迈过了九十一岁大关,而且还多半岁!

此时，钟表滴滴在走，送你的"大奔"的引擎在发动，亲友们都赶来"小团聚"，为老妈你开欢送会！

Let's go!

妈妈，你大胆往前走！

走啊，走！

我的"冷幽默对手"：建行大堂女经理

2021年11月25日，星期四

前天去我家附近建行办事，

出来时，那个一贯用冷幽默的脸和我交流的胖墩墩的女经理忽然追上前，犹豫了一下笑着对我说：

"叔叔，和您再见了！"

"咦？"我问何故。

"我要去别的地方工作了。"

"高升？"

"也不是，还是在西城。"

我马上说："那祝你在新岗位顺心！"

"好！"

她在这几年了？说不清，

她总像个守卫钱庄的墩子——圆满而扎实，然而，人却极有意思，

我是说她那口北京女孩儿已经不多说了的纯正高音域京腔，还有那"土著北京人"才携带的"京派幽默感"：不动声色，装傻充愣，挤兑人不瘟不火，被挤兑不卑不亢……

几年间我俩之间的话基本用"临场相声"的方式进行，

比如当我说:"离开了我们这些老人存钱,您是不是得下岗?"

她会毫无表情地答:"那还用说,您还不赶紧把房子卖了把钱存到我这儿,要不我明天立马失业!"

这是老滑稽和小油头,是"老乡"间京味儿的你来我往和心照不宣。

开高级玩笑,让话里有喜感,就像两个巴掌合拍,一个不会响,两个需默契,能接我"齐氏冷幽默"下句的人鲜有,她算是独(毒)一份吧。

"叔叔",这是她第一次也是最后一次如此称呼老朽,也是她面庞第一回冰消雪融、春光泛起。

今天再去建行时,发现"门墩"果然换了,被问的新面孔答曰:"哦,原来的大堂经理已经被调到几公里之外那个点去了。"

嗨!原本想一起合影留个念想,好歹是我方圆几公里唯一的"玩笑搭档",看来已不成了。

走近首体

2022年2月12日,星期六

从家就能看到你的屋顶——首体(首都体育馆),我今晚走近你。

今天的你很不一般,因为正在进行着冬奥比赛。

一旁腾达大厦的外立面上,光打着,一个冰墩墩,一个雪容融,

"墩墩"是主角,因为它像大熊猫。

中国应该永远是熊猫,可爱又可亲。

首体啊首体,平生第一次看打冰球,远在半世纪前,

就在你这里,那时候你是中国第一个室内冰场。

首体啊首体,2008年看夏奥,我就在你里面,看的是俄罗斯队比排球赛,

但如今,虽然你灯火辉煌,尽管你比赛如火如荼,而我呢,

却只能在墙外灯火阑珊处,干对着一锅沸腾的火锅,

没法下筷子,这好馋人呀!

奥运奥运,北京北京,双奥之城,渐渐地,

已经不再是口号，君不见，就连迎面走来的小学生，
张口都来一句"高山滑雪"。

冬奥冬奥，假如你真能将三亿人，不，哪怕是三分之一，
驱赶上冰天雪地的通透洁白，那么2022年我们这座城池，
就算没有瞎忙活！

冬天的体育，我是你四十余年的喜爱者，而且还是独自、默默的那种喜爱。
滑冰加滑雪，我的同龄人，几乎没人和我有这方面的共同语言，
那要跨国界地冒险，那要始终如一地喜好，
那要忍受深山老林中的孤寂，
以及冰场人丛的跌跤和伤痛。

但是，这次谷爱凌的惊艳亮相，
人们终于看到了"智"与"勇"的优配，
钢架雪车时速120公里风驰电掣的惊险刺激，
终于让人们懂得凡是喜爱冰雪运动之人，
都是勇者，都是侠客！

而本人，就是那其中之一。

已到本命之年的我，

能在自家门口，感受举世瞩目之热度，
偷窥下自己最爱的冰雪博弈，
这难道不是一种上天给的恩惠？
这难道不是一次下滑前的胜利？

因为这种机会不会再有，
此次冬奥之后，不知要再隔多少春秋，
这个城市的人，
才可能体验到满城都是冰墩墩的幸福，
因此啊，
珍惜这转瞬不再人类小团圆的高光时刻吧！
明月今晚有，明朝雪容融（明天有中雪）。

今晚的首体，你见证历史性高光时刻

2022年2月12日，星期六

今晚的首体，你最不平凡，
隋文静、韩聪，你们获得了花样滑冰第一名！

历史昙花时刻，你仿佛流星，
倏忽之间，就飞来到你我的身旁现身。
谁会想到，就在这我们从小看大的首体，
谁会觉察，就在这个我们儿时就熟知的场地，
今晚，它会成为全世界的焦点，
有数亿人的眼睛，
紧盯着它里面的赛况。

两位新科状元，
论艺术表现力和身体条件，你们都不如俄罗斯三对竞争对手，
但扎实的基本功，还有你们眼中那暗藏的决绝，
外加感人的悲情色彩，使你们无悬念地，
登上三个领奖台的顶端。

对首体半个世纪的记忆——我们这一两代人的，

今晚，被兑现为世界性锃亮的金币——
两枚黄色的奖牌。

北京这块最古老的冰面场地，
今夜泄露出将亘古存留、
往后一世纪都可能不会再有的
奥运花滑夺冠璀璨高光时刻！

核弹阴影下的错愕

2022年2月28日，星期一

刚说好要一起向未来，昨天，却传来谁想要丢核弹的恐吓，

明明残奥会还没开幕，前一周，就又制造了那么多新残疾人。

邪恶的战争！

此时此刻，生活能否继续？

明天太阳能否正常升起？

大海是否会因核子的灼热枯干？

巨石是否会在蘑菇云中变成粉末？

地球上的人类似乎谁都无解，就连有良知的动物也陷入了焦灼。

真那样，什么尊严，什么信仰，什么婚丧嫁娶读书成才，

什么股票楼市，什么写作出书，什么精神物质遗产，

统统一股脑地，被人类忘于脑后，

剩余的，将只是史前的洪荒。

而以上所有，都仅在于某一个人高兴与否，情绪啥时候波动，他想成什么英名，成什么伟业，甚至更微小的无所谓的其他理由。

于是，来到第四个本命年的本人才终于清醒，才错愕地意识到：我和我们的未来其实可能并不在自己的掌控之下，而兴许是

在地球遥远处某一个人或一伙人的手掌间,在你我可能压根就没
机会彻底搞清缘由的某一个瞬间被随意决定!
　　那个时刻也许不是下周或者明年,甚至下一个世纪,
　　但那个能让所有地球人都前功尽弃的日子,
　　它早晚肯定会来到,也就是说,
　　核爆一定会发生。

　　偶然战胜必然,荒唐击溃理性,
　　阴差阳错击败处心积虑神机妙算,
　　极少人意志强压亿万人心愿,
　　总之,我们正一起走向的未来,它极不乐观。

发动战争的从来都不是女人
——"三八"节随想

2022年3月8日，星期二

可能是"三八"节闹的，我冷不丁想：
从古至今，
世界上发动战争的，
怎么从来都不是女人？

或许战争的起因，是为了女人，
但那高喊"开战！"的声音，古往今来，
从来都不是发自女性。

还有，战争中最先背井离乡的，也是妇女，
她们虽然能优先携子女离开国境避难，
可离开丈夫后的她们，
就再无依靠、形孤影单。

战争中做救护的，几乎都是女人，
她们像母亲那样，
抚慰受伤濒死的士兵。
战争中最弱势的，也是妇女，

——被战胜者占有或者强奸。

最后,假如真有人疯了,对人类使用大规模致命武器,
那个按下按钮的人,
我敢肯定,
也绝不可能是个女人。

即便女人疯了,也不会丧心病狂地,
拉上亿万人垫背,这一点是出于,
她们原本是地球生命孕育者的本能。

由此说来,女人可能并不比男人伟大,
但女人一定比男人更加安全。

女人值得不值得歌颂,我不知道,
但她们,是挽救人类免于灭种的寄托,
这,应该不会有错。

诗赞徐杭生兄的书法

2022年8月27日,星期六

杭生兄的书法是生于杭州成于西湖的书法,
如西子像荷花,清癯洁净,素雅不妖。
杭生兄的书法又是黄埔传统的书法,
文字排列好似工整威武的军姿。
同时,他的书法还是浪漫诗人的书法,
意境悠远,飘逸脱俗。

和秦立彦老师《有一个湖,一切就有了形式》

2023年6月1日,星期四

也许人和万物需要个湖,于是就把一团液体,变成了湖。

和秦立彦老师《分区》

2023年9月9日，星期六

对于诗人来说，
所有发生的杂事都不是废料。
诗人和非诗人之别，
在于前者能把时光中一切凡俗垃圾，
都给加工提纯成良好的诗歌。

失落产生出失望
——这两日无限伤逝引发的意识流

2023年10月29日，星期日

失落产生出失望——当失落是全体失落的时候，
失望来自于失落——当失落失落到再没挽回机会的时候。

丧失产生于丧气——当丧失穷极到再没什么可以丧失的时候，
丧气来源于丧失——当丧失将人逼迫到心力交瘁悲愤至极的时候。

绝望发展到绝情——当绝望到不再绝望的时候，
绝情过渡成绝望——当绝情不再使人感觉挖心之痛的时候。

未来掩埋于荒诞——当荒诞荒诞到不再凸显荒诞时候，
荒诞埋葬掉未来——当未来连荒诞都无法企及的时候。

赞美兴城老家

2023年10月29日，星期日

我的老家有大海，海水没被核污染。

我的老家有山峦，山顶不高能眺远。

我的老家有古城，城里驻过袁崇焕。

我的老家有潜艇，它的使命是和平。

我的老家有"胸罩"，它的下面没乳房。

我的老家有亲人，亲情浓度醇香红。

我的老家乡音好，人人讲话东北腔。

我的老家金不换，集德集美集思念。

注："胸罩"是兴城比基尼广场一个建筑的雅号。